Schlafwandler

Arthur Holitscher

Impressum

Autor: Arthur Holitscher
Umschlagkonzept: toepferschumann, Berlin

Verlag: tredition GmbH, Hamburg
ISBN: 978-3-8472-3672-6
Printed in Germany

Tucholsky Wagner Zola Scott Sydow Freud Schlegel
Turgenev Wallace Fonatne
Twain Walther von der Vogelweide Fouqué Friedrich II. von Preußen
Weber Freiligrath
Fechner Fichte Weiße Rose von Fallersleben Kant Ernst Frey
Richthofen Frommel
Engels Fielding Hölderlin
Fehrs Faber Flaubert Eichendorff Tacitus Dumas
Eliasberg Ebner Eschenbach
Feuerbach Maximilian I. von Habsburg Fock Eliot Zweig
Ewald Vergil
Goethe Elisabeth von Österreich London
Mendelssohn Balzac Shakespeare
Lichtenberg Rathenau Dostojewski Ganghofer
Trackl Stevenson Doyle Gjellerup
Mommsen Tolstoi Hambruch
Thoma Lenz Hanrieder Droste-Hülshoff
Dach Verne von Arnim Hägele Hauff Humboldt
Reuter Rousseau Hagen Hauptmann Gautier
Karrillon Garschin Defoe Baudelaire
Damaschke Descartes Hebbel Hegel Kussmaul Herder
Wolfram von Eschenbach Dickens Schopenhauer Rilke George
Darwin Melville Grimm Jerome
Bronner Campe Horváth Aristoteles Bebel Proust
Bismarck Vigny Barlach Voltaire Federer Herodot
Gengenbach Heine
Storm Casanova Tersteegen Grillparzer Georgy
Chamberlain Lessing Langbein Gilm
Brentano Lafontaine Gryphius
Strachwitz Claudius Schiller Kralik Iffland Sokrates
Katharina II. von Rußland Bellamy Schilling
Gerstäcker Raabe Gibbon Tschechow
Löns Hesse Hoffmann Gogol Wilde Vulpius
Luther Heym Hofmannsthal Gleim
Roth Klee Hölty Morgenstern Goedicke
Luxemburg Heyse Klopstock Homer Kleist
Machiavelli La Roche Puschkin Horaz Mörike Musil
Navarra Aurel Musset Kierkegaard Kraft Kraus
Nestroy Marie de France Lamprecht Kind Kirchhoff Hugo Moltke
Laotse Ipsen Liebknecht
Nietzsche Nansen Marx Lassalle Gorki Klett Ringelnatz
von Ossietzky May Leibniz
vom Stein Lawrence Irving
Petalozzi Platon Knigge
Sachs Pückler Michelangelo Kock Kafka
Poe Liebermann Korolenko
de Sade Praetorius Mistral Zetkin

Der Verlag tredition aus Hamburg veröffentlicht in der Reihe **TREDITION CLASSICS** Werke aus mehr als zwei Jahrtausenden. Diese waren zu einem Großteil vergriffen oder nur noch antiquarisch erhältlich.

Symbolfigur für **TREDITION CLASSICS** ist Johannes Gutenberg (1400 — 1468), der Erfinder des Buchdrucks mit Metalllettern und der Druckerpresse.

Mit der Buchreihe **TREDITION CLASSICS** verfolgt tredition das Ziel, tausende Klassiker der Weltliteratur verschiedener Sprachen wieder als gedruckte Bücher aufzulegen – und das weltweit!

Die Buchreihe dient zur Bewahrung der Literatur und Förderung der Kultur. Sie trägt so dazu bei, dass viele tausend Werke nicht in Vergessenheit geraten.

Text der Originalausgabe

Schlafwandler

Erzählung
von

Arthur Holitscher

Drei weiße Schiffe kamen von Süden her übers Meer gefahren. Am Horizont wehten ihre Rauchfahnen in eine einzige zusammen. Als die kleine, langgestreckte Insel in Sicht kam, trennten sich ihre Wege. Das erste schwamm eilig den Sund hinauf die Küste des Festlands entlang. Das zweite bog westwärts ab, hinaus in die freie See. Das mittlere glitt in bedächtiger Fahrt auf den Landungssteg der Insel zu, um dort kurz zu verweilen und dann im abendlichen Meer, mit Laternen am Mast und der Back, unterzutauchen, für Sekunden noch von dem fliegenden Strahl des fernen Leuchtturms entdeckt und bestrichen.

Auf dem Verdeck des kleinen Dampfers, der mit Fässern, Holz und Häuten fuhr, gingen ein paar Reisende auf und ab. Es war schon spät im Jahr, und das Reisen hatte fast schon aufgehört. Für manche aber hört es nie auf. Diese halten auf ihren Fahrten die Augen so gierig offen, als müßten sie sie nach kurzer Frist zum letztenmal schließen und sich daher rasch noch mit allem anfüllen, was es auf der Welt zu sehen gibt.

Es gibt so vieles zu sehen auf der Welt, und alles ist neu und sonderbar. Jeden Augenblick aufs neue neu und sonderbar. Man kann von den alltäglichsten Dingen nicht genug in sich aufnehmen.

Was aber die Reisenden auf dem Verdeck zu sehen bekamen, war gewiß nichts Alltägliches. Die kleine Insel kam in Sicht, im glasklaren Herbstlicht lag sie da, wie ein schmächtiger grüner Strich, parallel mit der Küste des Festlands hingezogen, nur ein schüchterner Strich Erde mit allem, was er auf seinem Rücken trug, Häuschen, Wiesen, Tieren und Menschen, Damm, Düne und einem einzigen Baum. All dies aber ruhte nicht auf dem Wasser, sondern schien in der Luft zu schweben. Deutlich war das Meer zu sehen, und deutlich die Insel *Sille* mit allem, was sie auf ihrem schmalen Erdrücken trug. Zwischen dem Meer und der Insel aber war eine Schichte Luft, die glänzte. Wie eine Spiegelung hob sich die kleine Insel aus dem Meer empor. Sah man lange hin, schien sie sich höher und höher zu heben. Schließlich mochte man denken, sie lebe überhaupt nur in der eigenen Einbildung. Als ein Schatten und Spuk, Ausgeburt des heißen. unruhigen Herzens. das der Drang in die Ferne trieb. Dann kam das Schiff näher, Insel und Wasser berührten sich wieder und waren fest zusammengeschmolzen. Haus, Mensch, Tier und Baum hatten wieder Bewegung und Umriß der Wirklichkeit. Das Sundwasser schlug weiße Schaumballen an das Inselgras. Die Landungsbrücke streckte sich mit Pfosten und Bohlen immer näher dem Schiffe entgegen – und doch, in dem einen oder dem anderen der Reisenden auf dem Verdeck blieb die Illusion des eben Gesehenen bestehen und sprang über die Wirklichkeit weg wie ein Funke hinüber in die Erinnerung. Das Geräusch des Seewindes und des Landwindes fuhr von Ohr zu Ohr, das gab einen Akkord wie Aeolsharfen. Die weißen Flocken, die wie Seifenblasen auf den Wellen hüpften, erschienen als Geschwister der bunten Luftgebilde um den dünnen Silbermond am Himmel. Zudem flog auf einmal von dem einzigen Baum, der auf der Insel zu sehen war, einem riesigen buschigen Ungetüm, ein dunkler Schwarm von zwitschernden, kreischenden, jubilierenden Zugvögeln auf, vereinigte sich hoch in der Luft, vom Wanderinstinkt zu einem Ballen zusammengedrückt, aus dem ein Stiel sich nach oben hinaufschob. Und dieses lebende Gebilde war im Nu wieder wie eine Spiegelung des Baumes anzusehen, nur diesmal hoch oben in der Luft.

Die kleine Insel!

Winzige Gestalten traten aus den strohgedeckten Hütten und bewegten sich schwerfälligen Schrittes an den weißen Mauern vorüber auf den Landungssteg zu. Sie allein zeigten an, daß die Insel auf die Außenwelt aufhorche, aus der der Dampfer in großem Bogen herankam. Sille war lang und schmal gedehnt, aber kaum fünfhundert Schritte breit. Es glich selber einem Schiff. Oder einem vom Wind abgerissenen Fetzen grünen Reiseschleiers. Vom Sund zum Meer durchquerte eine Gasse von Fischerhütten die Insel. Hier und dort standen Menschen beisammen vor einer Hütte. Unter dem Baum tummelten sich Kinder, denn er beschattete die Schule. Aus dem Rasen weit gegen die Südspitze der Insel waren helle Vierecke herausgemäht. Daneben weideten Kühe. Manche standen halb im Wasser, so jäh fiel der Strand in den Sund ab. Gegen die Nordspitze zu sprang ein Schäferhund bellend um die Kuhherde in einem eingezäunten Gehege. Frauen schoben Traglasten in Karren hin und her. Vor einem grauen Kartoffelacker hockten welche in weißen Hauben und hieben mit Hacken in die Schollen. Knapp an dem

Strand lief ein hoher schwarzer Damm von der Hüttengasse bis zur Düne hin, an deren Ende die Insel plötzlich von zwei Buchten zusammengeschnürt wurde, einer von der See, einer von der Sundseite her. Dort quoll jäh ein kleiner Hügel auf und fiel gleich zum Wasser nieder. Dies war die Insel. Doch halt!

Da standen, verstreut über die Wiesen und weit fort von der Gasse, in weiten Abständen und jedes einsam für sich, drei Häuser. Sie sahen anders aus, als die Hütten, hatten mit ihnen nichts zu schaffen. Sie standen leer, ihre Läden waren zu, die Besitzer waren bei Herbstanbruch in die Stadt zurückgekehrt. Die untergehende Sonne beleuchtete ihre Ziegeldächer. Eines von den Häusern, das größte, war im Bau unvollendet geblieben, die Ziegelmauern standen ganz rot da. Aus den Fischerhütten stieg Rauch auf. Das bewirkte, daß die Häuser nur noch abgeschiedener und abseitiger dastanden. In der kleinen Gasse ging das Leben seinen Gang weiter durch die Jahreszeiten.

Oben auf dem Verdeck des weißen Schiffes legte einer der Reisenden das Buch fort, in dem er gelesen hatten stand auf und trat an die Reling. Das Schiff stieß knirschend gegen den Steg, der Postsack flog auf die Bohlen hinüber. Der Reisende streckte die Hand aus und wies auf die Insel hinaus, auf eines der einsamen Häuser dort auf der Insel. Eine Frau in Reisekleidung, die in dem fortgelegten Buch weitergelesen hatte, stand vom Tisch auf und trat zur Reling.

Weit vorne, gegen die Düne zu, waren zwei Gestalten hinter dem einsamen Haus hervorgekommen. Sie waren nicht wie die Inselleute gekleidet, in hellen Gewändern gingen sie langsam über die Wiesen, stiegen auf den Damm, blieben vor dem Meer stehen.

Die Reisenden folgten ihnen mit den Blicken. Die Hand des Reisenden wies über die Insel:

»Die dort sind ja Kay und Moina, die über die Insel gehen!«

Die Frau lächelte und legte die Hand auf seine Schulter. Sie stützte das Kinn auf den Handrücken und blickte zu den beiden dort auf dem Damm hinüber. »Ja, wahrhaftig. Das sind Kay und Moina!«

Kay und Moina aber waren zwei Namen aus dem Buch, in dem sie gelesen hatten.

Die beiden Gestalten bewegten sich vor den Wellen, den Wolken, hoch auf dem Damm gegen den Horizont. Sie hatten kein Teil an dem Leben der Insel und schienen die Ankunft des Schiffes auch gar nicht bemerkt zu haben. Die Welt begann erst jenseits des Dammes, sie begann in Wahrheit erst dort, wo der Blick keine Schranke mehr fand nach dem Offenen zu. Wie sie da standen auf dem steilen Kamm der Steinmauer, sich voneinander trennten, wieder aufeinander zuschritten, beisammen, und doch jedes für sich allein abgeschieden stehenblieb, versunken und still in der beginnenden Dämmerung, das sahen die Reisenden mit an und versanken mit den beiden in der Ferne dortdrüben in dieselbe, unbegrenzte Weite.

»Kay und Moina!« sagte die Frau lächelnd für sich, so leise, daß ihr Begleiter es nicht hörte, als bedeuteten diese Namen eine Heimlichkeit, von der keiner wissen durfte. Sie kehrte zum Buch zurück. Sie konnte aber nicht mehr darin lesen, sondern ihre Augen formten über den gedruckten Zeilen des Buches ihre eigenen Gedanken zu Sätzen und Worten. Und der Reisende an der Reling sah zwar die Insel im beginnenden Abend vor sich liegen, aber was jenseits des Steindammes war, schien doch nur Abbild seines Gefühls und seiner Einbildungskraft zu sein.

Unten luden Leute in wetterfester blauer Tracht Kisten und Fässer aus dem Schiff, verstauten Frachten unter dem Deck. Das Kommandowort des Kapitäns tönte durch das Sprachrohr aus dem Steuerhäuschen hinunter in den Maschinenraum. Das Schiff schwenkte in anmutigem Bogen wie eine Möwe, die ihre Flügel gebraucht, wieder in den Sund hinaus. Es wurde rasch Nacht. Der Strahl des Leuchtturms kreiste wie ein Schatten vom Festland her über Sund, Insel und See.

Auf Sille gab's keinen Kirchturm, kein Gotteshaus. Der dunkle Klumpen Menschen, der aus Fischer Barents Hütte sich ins Freie hinaus zwängte, trug einen Sarg auf den Schultern und bewegte sich auf den Landungssteg zu, wo schon das Schiffchen mit allen Segeln wartete. Matilda sollte drüben auf dem Festland, in Kirchort, im Schatten der alten hölzernen Schwedenkirche begraben werden. Es war immerhin ein Stück Arbeit, dort hinüber zu gelangen, mit dem Wind oder mit den Rudern. Das Sillervolk behalf sich daher, so gut es ging, an Sonn- und Feiertagen ohne Gott, und nur, wenn eins starb, bekam die Kirche Besuch. Lag ein Alter im Sarg, dann bestand das Geleit aus wenigen Booten – denn es lohnte ja nicht, wegen eines Alten die Mühe auf sich zu laden. Lag aber ein Junges im Sarg, dann folgte dem Trauerboot ein ganzer Schwarm. Und nach der Bestattung blieben noch viele in der Kirche und beteten zu Gott, er möge sie doch nicht auch so früh abrufen.

Matilda war bei jungen Jahren entschlafen, und darum war der Menschenklumpen dicht und dunkel anzusehen vor Fischer Barents Hütte.

Am Ström, drüben in Kirchort, wo Schiffe und Kähne anlegen, turnten und balgten sich die Kinder des Dorfes. Sie strotzten vor Übermut und erfüllten die Luft mit ihrem heuleuden Getobe. Das war ja ein seltener Zug, der da von fern über den Sund herangeschwommen kam. Im ersten Boot lag ein Sarg! Die Anlegebrücke zitterte unter den Sprüngen und der Balgerei. Mit einem Schlag aber verstummte das Gebrüll und die Brücke war wie reingefegt. Über das Ström schwankte mit klatschenden Ruderschlägen ein Kahn auf die Anlegebrücke zu. Das Ström war ein kleines, mit Wirbeln und losgerissenen Grasbüscheln reißend dahinfließendes Wasser, das ein Stück Landes vom Festland abgetrennt hatte. Dieses Stück hieß der Siel und war ehemals durch eine Fähre mit der Anlegebrücke von Kirchort verbunden gewesen. Die Fähre lief seit langer Zeit nicht mehr über das Ström, sondern an den Ufern des Sieles war mit vielfach verknotetem Strick ein halbverfaulter Kahn an einen Pflock angebunden. Soviel man sehen konnte, war dies das einzige Beförderungsmittel zwischen dem Siel und der Ortschaft.

Der Siel aber lag da wie mit einem Messer in zwei Teile auseinandergeschnitten. Über dem Teil, der nach dem Sund sah, schien die Sonne auf fette, saftige Weide, auf gut genährtes, schwarzweiß geflecktes Vieh, das dort in guter Ruhe graste. Die andere Hälfte hingegen bekam die Sonne nie zu sehen. Sie war mit einem verwilderten Wald von uralten Laubbäumen aller Arten dicht bestanden, und dieser Kamp war durch einen Zaun von so merkwürdiger Beschaffenheit eingefriedigt, daß, wer ihn sah, vermuten mußte, die Eichen und Kastanien und Buchen müßten mit aller erdenklichen Vorsicht vor den friedlich rupfenden und wiederkäuenden Rindern drüben beschützt werden. Denn dieser mannshohe Zaun zwischen den beiden Hälften des Siels war aus Balken, dicken Ästen, Eisenstangen, Möbeltrümmern, Stuhlbeinen und Schranktüren zusammengezimmert und mit Stacheldraht dicht und boshaft verbunden und gesichert.

Aus der Waldhälfte des Siels war nun mit einem Satze eine Menschengestalt heraus und in den Kahn gesprungen, deren Anblick den Kindern auf der Anlegebrücke drüben einen solch jähen Schrecken eingejagt hatte.

Sie hatte den Kindern nur einen Augenblick lang ihr hartspitziges Altmännergesicht zugekehrt. Aber es war ein Altweibergesicht, ein Hexengesicht mit weißen Bartstoppeln um das Kinn und die Mundwinkel, mit hellen glasgrauen Augen und einer hohen gerunzelten Stirne, über der das dichte weiße Haar mit zwei Strickbändern in zwei Strähnen zusammengebunden war. Sie steckte in einem weiten, sackförmigen Gewand, das an den Nähten Blasen warf und um die Hüften mit einem breiten fettigen Schnallengürtel eingeschnürt war. An einem Riemen hatte sie eine Flinte geschultert, ein ganz veraltetes, aber blankgeputztes und gebrauchstüchtiges Stück, und diese Waffe pendelte um die dicken, weißen Haarwülste hin und her und machte alle die Bewegungen des Nachens mit, den die Alte mit scharfen Nägeln vom Pflock losgeknotet hatte.

Mit einer hurtigen Bewegung, die Blicke scharf auf das jenseitige Ufer gerichtet, bückte sich die alte Jägerin und riß vom Boden des Kahns ein kurzes Ruder auf, das dort in der faulen braungrünen Brühe geschwommen hatte. Mit drei kräftigen Schlägen war sie schon drüben. Als sie an der Brücke anlegte, lagen in den Fenstern der Häuser von Kirchort ängstliche Gesichter und starrten sie an, Gesichter von Kindern und auch von Erwachsenen.

Die Gassen vor ihren Schritten waren ganz menschenleer. Vor dem Wirtshaus stand ein Karriol. Der Gaul schnupperte, scharrte und bäumte sich wild, als wittere er einen Wolf, und wollte sich gar nicht beruhigen. Die Alte bog um die Ecke, ließ die alte hölzerne Schwedenkirche links und ging auf ein stockhohes Haus zu, an dessen Tor auf einem Messingschild der Name des Rechtsanwalts zu lesen war.

Jetzt traten die Einwohner von Kirchort aus ihren Häusern. In Gruppen beisammen besprachen sie das Ereignis. Die Kinder standen mit dem Finger im Mund dabei und horchten. Seit Jahren zum erstenmal hatte die Baronin den Siel verlassen. Was hatte dies zu bedeuten? Wollte sie ihren Wald am Ende verkaufen? Oder im Gegenteil den Pächter davonjagen, der sich auf dem Gutshof am Wiesensiel mit seiner pausbäckigen Familie schon seit einem Jahre und darüber breitgemacht hatte?

Der Rechtsanwalt war ein beleibter, gewiegter und erfahrener Mann, den so leicht nichts aus der Fassung bringen konnte. Er war aber doch blaß um die Augen herum geworden, als der Besuch ohne viel Umstände in seine vollgerauchte Amtsstube eingetreten war. Er verbeugte sich zu oft und mit einem zu freundlichen Grinsen, und als er der Baronin aus ihrem Stutzenriemen heraushalf, waren seine Gebärden um etliches befangener, als wenn man einer Dame ihren Sonnenschirm aus der Hand nimmt und in die Ecke stellt. Er faßte die Waffe mit spitzen Fingern um Schaft und Kolben. Die Baronin aber griff nach ihr und stellte sie mit einem Ruck zwischen Schreibtisch und Papierkorb hin, neben den alten Ledersessel, in dem sie Platz nahm.

Der Rechtsanwalt hatte einen schweren Aktenfaszikel aus dem Schrank geholt und vor der Baronin ausgebreitet. Die untersten Schriftstücke waren schon gelb vor Alter und stockfleckig. Kein Wunder, sie stammten ja aus der Zeit, da die Baronin als junges Fräulein aus dem Sacré Coeur zu ihrer Mutter auf den Siel zurückgekehrt war. Der Rechtsanwalt hatte sie mitsamt dem Prozeß von seinem Vater geerbt. Damals hatte der Siel noch, ohne Zaun und Stacheldraht, mit Eichwald und Wiesen, Gutshof und Herrenhaus den ungetrennten Besitz der Baronin vorgestellt. »Baronin Voß kontra Jakob Schäfer« stand auf dem Aktenfaszikel. Diese Worte enthielten die Lebensgeschichte der stacheligen Alten.

Sie stieß mit dem Zeigefinger ein paarmal hart auf den Papierhaufen nieder, auf das ganz weiße und frische oberste Blatt des Haufens.

»Den Paragraphen 321 will ich sehen! Wer vorsätzlich Fähren oder Schutzwehren zerstört. Und Landrecht 15. Titel, zweiter Abschnitt, Paragraph 55 will ich sehn! Wird dem Eigentümer Nutzung des Ufers entzogen und geschmälert. Und Strafgesetzbuch Paragraph 370 Nummer vier will ich sehn! Wer unberechtigt fischt oder krebst,« sagte sie mit der harten Stimme einer Tauben oder eines Menschen, der lange geschwiegen und keinen menschlichen Laut an sein Ohr schallen gehört hat. Die Hand, deren Zeigefinger hart auf den Papierhaufen klopfte, war weiß und gepflegt. Diensteifrig und beflissen holte der Rechtsanwalt die Bücher vom Bord. Er kannte ja alle diese Paragraphen längst auswendig. Die Baronin auch. –

Die Schäferkinder wateten durch den hellgrünen Froschlaichtümpel des Gutshofs und kletterten über den Zaun in den verbotenen Wald hinüber. Die Hexe war nicht daheim! Alle sechs kletterten wie die Eichhörnchen in das düstere graue Schweigen hinüber, warfen sich gegen die üppig wuchernde Brennesselhecke, sprangen über die verschimmelte, brusthohe Quadermauer, die das alte vergrabene Herrenhaus umgab, und drückten die Nasen an den Fenstern platt. »Kuck!« rief Wilhelm Gottlieb zu, sperrte den Mund weit auf und preßte die Lippen ans Glas.

In alten goldenen Rahmen hingen drin lebensgroße Bildnisse von Herren in Uniformen, Damen in Hoftracht mit Diademen aus bunten Steinen im Haar. In einer Ecke stand ein goldenes Tischchen mit einem Bronzekrug, aber auf dem Boden daneben eine alte zerrissene Ledertasche mit hängenden Fransen und ein Eisengerät, das wie eine verrostete Fuchsfalle aussah. Schon war Wilhelm zu einem anderen Fenster ums Haus herum, wo die Kinder Nelly und Paula sich zu schaffen machten. Gottlieb aber blieb in den Anblick der Bildnisse in den Goldrahmen versunken. Ritter und seidene Pagen bemühten sich dort drin um Dornröschen. Aus der Tasche quoll ein abscheulicher Lindwurm mit Dampf in den Nasenlöchern hervor. Der Lindwurm hatte eine weiße Haube auf, wie Rotkäppchens

Großmutter; das war jetzt deutlich zu sehn. Gleich wird der Herr im Rahmen seinen Säbel ziehn . . .

Mit einem Schreckenslaut fuhr Gottlieb von dem Fenster zurück und jagte toll über Mauer, Zaun und Tümpel auf die Wiese hinüber. Dort stand Frau Schäfer in weißem Sommerkleid und Florentinerhut zwischen den schönen gefleckten Rindern und sammelte Pilze in einen gewaltigen Weidenkorb.

Pächter Schäfer – das heißt: Gutsbesitzer Schäfer vom Grenter Hof an dem anderen Ufer des Ströms und seit einem Jahr Pächter der Sielhälfte, kam lachend und mit aufgekrempten Hemdsärmeln zu seiner Frau heran, um mit ihr das Ereignis zu besprechen. Er kam von den Knechten im Stall und hatte Dünger an den Stiefeln. Seine Backen glänzten rot, er war in gesunden Schweiß geraten, denn die Grenter Wirtschaft konnte ja nur wenige Leute an den Siel abgeben. Er winkte mit seinen blondhaarigen Fäusten. »Nun ist's so weit, Frau!«

Mann und Frau standen auf der Wiese da und lachten mit allen Zähnen. Die Pilze rollten im Korb hin und her, vom Lachen geschüttelt. Die Pfeife ging aus vor Lachen.

»Sobald die Hexe wieder im Bau ist, fahr ich zu Giesebrecht hinüber.«

Ja, nun war es also so weit mit dieser, an tausend Abenden unter der Hängelampe und in tausend Nächten im Ehebett durchgesprochenen Angelegenheit. Mann und Frau sahen sich mit glücklichen Gesichtern an. Sie waren ja wieder um ein Stück weiter vorwärts gekommen im Leben, wieder hatten sie ein Ziel erreicht. In früheren Jahren hätten sie sich bei den Händen gefaßt und wären einmal rund um die Wiese getanzt. Jetzt dachten sie an den Preis von Eichenbrettern, Buchenholz und Kastanien. Zwei Buchseiten erschienen vor ihrer Seele Augen, ein Querstrich zog sich von links nach rechts über die Seiten, und unten stand eine runde Zahl. Die Zahl war rund, und darum sahen sie sich mit lachenden Augen glückselig an auf der sonnigen Wiese. –

Herr Makler Hüsken hatte genug vom Warten. Er schob sein leeres Glas hin und trat aus dem Schankzimmer. Tief zog er die Kappe vor dem Herrschaftsfräulein, das auf dem Bock des Karriols vor dem Gasthof zusah, wie der Stallbursche Kiste, Sack und Töpfe ins Gefährt lud. Das Fräulein nickte hochnäsig, kaum wippte die Spitze ihrer Peitsche, so leicht fiel der Gruß aus.

»Ich warte auf den Rechtsanwalt!« begann Herr Hüsken geschwätzig. »Aber er ist wohl noch okkupiert. Das gnädige Fräulein warten wohl auch darauf, daß die Sehenswürdigkeit ihren Weg wieder zurück nach dem Ström nehme?«

»*Die Baronin* trägt immer ein Gewehr, wenn sie sich im Dorf sehen läßt?« Das Fräulein betonte die Worte mit dem kategorischen Schnarrton der Töchter von Offiziersfamilien.

»Gewiß, das Fräulein Baronin hat einen Stutzen um, das ist ihre Gewohnheit, wenn sie sich im Ort sehen läßt. Nicht gegen die Krähen, sondern gegen die Dorfjugend. Sie hat schon einmal auf unsere kleinen Bälge geschossen, das war aber vor zwölf Jahren, damals war sie nämlich zum letztenmal hier drüben gewesen.«

Zwölf Jahre! Das Fräulein sah in die Ferne, vor sich hin, durch Bäume, Häuser und Kirche durch in die Ferne. Zwölf Jahre mutterseelenallein! Auf den Ballreunionen, allwinterlich, im Hotel der Kreisstadt, wo die adligen Familien der Umgegend ihren Erbschmuck zur Schau trugen, bei Besuchen auf den Nachbargütern, beim Kerzenschein nach dem Mahl, wenn zwischen den Weinkelchen und den Silberleuchtern und Whistkarten der Gothasche Almanach auf dem Tische erschien, da tauchte die einsame Alte gelegentlich wie ein Spuk in den Gesprächen auf. Sie war der letzte Sproß der ältesten Familie hier im Lande, seit die Herzöge ausgestorben waren ... zwölf Jahre ... sie mochte nun an die achtzig alt sein ...

»Seit wann sitzen doch die Schäfers auf dem Siel?«

Herr Hüsken setzte erst jetzt seine Kappe wieder auf. Er holte Atem, als wolle er loslegen. Aber er schluckte den Atem wieder hinunter und sprach: »Seit fünfzehn, seit achtzehn Monaten ... seit das gnädige Fräulein Baronin ihren letzten Groschen verprozessiert hat, da mußte sie die Hälfte verpachten, nun, und jetzt prozessiert sie mit dem Pachtgeld weiter. Nichts zu machen, auf die Fähre haben beide ein Recht, beide Ufer, Sieler und Grenter!«

Nachdenklich ließ das Gutsfräulein die Peitsche sinken. Zwölf Jahre einsam und gerade die ärgsten Feinde zu Nachbarn haben! Aber sie wußte es ja: so lange hatte die Sielhälfte zur Pacht ausgeboten gestanden. Niemand wollte mit der rabiaten Hexe Haus an Haus leben.

»Es ist ja einerlei, woher das Geld kommt!« bemerkte Herr Hüsken. »Wenn's ja doch verprozessiert werden soll. Jetzt sitzt sie bei Giesebrecht und verkauft wohl!«

In diesem Augenblick begann oben im Schwedenturm die Glocke hin und her zu schwingen. Der Küsterjunge hatte seinem Vater das Zeichen gegeben, der Leichenzug bog aus dem Sund ins Strömwasser ein.

Auf der Landungsbrücke lagen schon die Säcke voll Kleie und Viehfutter bereit, die das Trauergefolge mit nach Sille zurücknehmen wollte. Die Dorfkinder hatten sich aus den Häusern gewagt. Mit den Erwachsenen zusammen standen sie vom Ström bis zur Kirche. Der Sarg mit Matilda Barent schwankte auf den Schultern der Siller Fischer vorwärts.

»Einundzwanzig Jahre alt,« stand in Silberlettern auf den schwarzen Brettern zwischen dem wehenden Silberzierat. Das Fräulein auf dem Bock wiederholte diese beiden Zahlen: einundzwanzig, achtzig, einundzwanzig, achtzig. Da kam von der Kirchhofmauer her die Baronin Voß mit langen Schritten dem Trauerzug entgegen. Sie hatte ihre Flinte geschultert und das Stoppelkinn gehoben. Mit einem glänzenden Blick maß sie den Sarg im Vorübergehen. »Die hat nicht verkauft!« sagte Herr Hüsken zum Wirt, der aus dem Schankzimmer ins Freie herausgetreten war, und er irrte sich nicht. Morgen sollte eine neue Eingabe ans Gericht in die Kreisstadt geschickt werden.

Die Tür von Fischer Barents Heuboden stand offen. Langsam und behutsam schob Vater Barent von oben eine Bettstelle zu seiner Frau und seiner Schwägerin hinunter, die mit ausgebreiteten Armen auf dem Gras standen und die Bettstelle auffingen.

Da Matilda tot war, brauchte sich das Elternpaar nicht mehr mit der Bodenkammer als Schlafstube zu begnügen. Eigentlich hätten sie ja den Umzug schon damals bewerkstelligen können, als sich Markus Maats von Matilda getrennt, die Verlobung gelöst hatte und zu seinen Eltern am anderen Ende der Zeile zurückgekehrt war. Denn nun hatte ja Matilda nichts mehr in der besten Stube der Hütte zu suchen. Diese gebührte der Tochter und dem Tochtersbräutigam nur so lange, bis die Wartezeit mit der Schwangerschaft ein Ende nahm und die Eltern der Braut und die Eltern des Bräutigams die Hochzeit des Liebespaares besprochen und gerüstet hatten.

Markus Maats aber war von Matilda fortgezogen, weil sich nach zweijähriger Verlobung die Schwangerschaft immer noch nicht eingestellt hatte, und nun war Matilde tot.

Es war nicht ausgemacht daß Matilda aus Gram gestorben sei. Sie war ein kräftiges, hochbeiniges Mädchen gewesen, mit starker Brust und breiten Hüften, das ein Kind sehr wohl austragen und zur Welt bringen konnte. Ihre korngelben Zöpfe waren zweimal um den Kopf gelegt, ihr sommersprossiges Gesicht war gesund und blickte unverändert heiter in die Welt. Dennoch hatte sich Matilda beim Heben einen Schaden zugefügt, knapp eine Woche nach Markus Maats' Wegzug, und war an einem abgequetschten Nerv (wie die Leute sagten) innerlich verblutet. Es war das erstemal, daß ein Siller Kind solch ein Schicksal traf, aber die Barents waren ja von Gott an ihren Kindern geschlagen, ihr einziger Sohn war vor der Musterung ausgerissen und in Pernambuco verschollen.

Im übrigen hatte sich Vater Barent schon gefaßt. Als Doktor Publicatus, der Arzt, seine Höflichkeitsvisite in der guten Stube abstattete, da war diese schon gescheuert und völlig neu eingerichtet. Der Porzellanhund und der Porzellanleuchtturm und der Glasleuchter und die kleine Kaiserbüste standen blitzblank auf dem Bord, unter dem silbernen Hochzeitskranz im Glasrahmen. Alles stand und hing an seinem Platze, die Gardinen waren frisch gewaschen und knisterten, wenn der Wind durch die Tür herein fuhr.

Markus Maats war bald ins Haus der Eltern Matildas gekommen. Er saß in seiner schwarzen Jacke, frisch rasiert und in blühender Gesundheit in der Stube, in der er zwei Jahre lang mit Matilda gewohnt hatte. Er wurde mit Kaffee und Kuchen bewirtet, sah sich in der Stube um, die ihm nun, da zwei Betten in ihr standen, klein vorkam, und sprach mit Fischer Barent über den bevorstehenden Heringsfang.

»Hüsken hab ich gesprochen, er meint, es wird diesen Winter Ernst mit der Genossenschaft. Die haben schon das Kapital aufgebracht, Hüsken meint, es ist gut, wenn man Anteilscheine nimmt, solang noch welche da sind.«

»Da will ich mich beteiligen, wenn du mittust,« sagte Fischer Barent. »Mußt dem Hüsken sagen, er soll die Statuten herüber schicken, wenn du ihn siehst.« Sie waren Teilhaber desselben Bootes mit noch zwei anderen Fischern und machten gleich aus, was für Reparaturen an dem Boot vorzunehmen wären und was Markus aus der Stadt mitbringen solle, Tau und Blei und ein paar Rollen Garn unter anderm. Das werde man dann nächstens verrechnen und aufteilen.

Als diese Besprechungen zu Ende waren, saßen Markus Maats und Matildas Eltern noch eine Weile schweigend da, tranken Kaffee, brockten Kuchen ein und wischten sich den Mund. Dann wiederholte Markus, was er aus der Stadt mitbringen sollte, sagte adieu und ging mit seinem festen Schiffergang aus der Stube. Matildas Mutter räumte den Tisch ab, goß die Kaffeereste in einen Topf und setzte sich in die finstere Ecke der Küche neben den Herd, wo sie lange sitzen blieb, die Hände auf dem Schoß gefaltet. Vater Barent hatte derweil den »Anzeiger« geholt, die Brille auf die Nase gesetzt und fing nun zu lesen an.

Allmorgendlich, im Sommer mit der aufgehenden Sonne, im Winter noch in tiefer, schneidend kalter Nacht gingen die Mädchen von Sille mit ihren Eimern nach dem fernen Holzgehege an der Nordspitze der Insel, um die Kühe zu melken. Tagsüber weideten die Tiere verstreut auf den Rasenvierecken der Insel, die mit Pflöcken abgesteckt waren. Dieselben Zeichen, die in diese Pflöcke eingekerbt standen, konnte man in die Schenkel der Tiere eingebrannt sehen. So hatte jede Familie auf Sille ihr Wappenzeichen von alters her. Am Abend wurden die Tiere dann zum Gehege geführt, wo sie unter der Obhut des alten Hirten und seines munteren Hundes die Nacht verbrachten.

Die Kühe brüllten durch die Morgendämmerung, daß es auf der ganzen Insel zu hören war. Das war ja auch so ziemlich das einzige Geräusch auf der Insel, außer dem Windestoben und dem Dampfergetute draußen im Sund. Denn die Mädchen sangen nicht, die Kinder lärmten nicht, es gab kein Hundegebell und es gab kein Hähnekrähen auf Sille. Die Euter taten den Kühen weh vor Milch. Sie kannten genau die Zeit, da sie befreit werden mußten. Doch hielt ein Tier eigensinnig seine Milch zurück, wenn ein unbekannter Mensch mit dem Eimer vor ihm niederhockte, um es zu melken. Jedes wußte genau, zu welchem Menschen es gehörte von Rechts wegen.

Auf diesem morgendlichen Weg wurde Matildas Schicksal lange Zeit besprochen. Die Tochter Rupp und die Tochter Görrensen waren Matildas beste Freundinnen gewesen. Wie oft hatten sie in der Morgendämmerung vor Fischer Barents Tür mit ihren Eimern auf Matilda gewartet, um mit ihr gemeinsam den Melkgang zu unternehmen, all die Jahre!

»Hast du den Lärm heut nacht gehört?« fragte die Tochter Görrensen.

»Was denn? Trimpf hat sich wieder angetrunken,« sagte die Tochter Rupp.

»Hast nicht gehört, wer dabei war? Markus! Wie 'ne Katze hat er miaut.«

Fischer Görrensens Hütte war dem Wirtshaus in der Dorfstraße benachbart.

»Fängt der auch mit Trinken an?«

«Ich hab zum Fenster hinausgeschaut. Es war um eins. Trimpf hielt ihn am Arm fest. Plötzlich schlug Markus lang hin und blieb liegen Solch einen hatt' er sitzen.«

Die beiden verstummten. Mutter Barent war über die Wiese zu ihnen getreten. »Guten Morgen.«

Seit Matilda drüben in der Erde ruhte, mußte die alte Frau wieder den Eimer nehmen und bei Nacht und Frost nach ihrer Kuh sehen.

Das war eine Mühsal mehr in der Kette von Mühsalen, aus denen der Tag und das Jahr der Inselbewohner zusammengesetzt war von der Geburt bis zum Ausruhen.

Es war ein langer Zug, dunkel, mit schwingenden, weißen Flecken, knapp über der Erde, der sich durch den dunklen Morgen gegen die Nordspitze der Insel bewegte. –

Markus Maats saß vor der Tür seines Elternhauses und klopfte mit kurzen harten Schlägen seine Sense ab. Die kleinen schimmernden Stellen berührten sich längst, und das ganze Eisen leuchtete wie Silber. Doch saß er und klopfte, schlug zu und klopfte immerzu.

Nein, niemand konnte behaupten, daß er es leicht hätte, seit Matilda tot war. Was blieb ihm nun zu tun übrig? Allein dahin leben, als ein verwitweter Junggeselle? Oder auswandern und nie mehr wiederkehren? Oder eine Fremde auf die Insel mitbringen? Eins war so schwer wie das andere. Nein, er hatte es nicht leicht, niemand konnte behaupten, daß er es leicht hätte.

Die Siller verlobten sich schon auf der Schulbank, dort in dem Hause unter dem Zugvogelbaum. Aber heiraten konnte ein Paar erst, wenn es sich erwies, daß Nachkommenschaft zu erwarten sei. So wollte es der Brauch seit undenklicher Zeit. Auf der Insel war das Leben knapp und karg und das Knechte- und Mägdehalten unmöglich. Ein kinderloses Paar mußte sich entweder zu Schanden arbeiten oder das Ererbte rasch hinschmelzen sehen. Am allerschwersten aber hatte es der Einsame.

Markus Maats ging hinaus auf die Wiese. Die Sonne schien, das Gras reckte sich in die Höhe. Wie der Blitz fuhr die Sense über den Boden. Die Büschel lagen in Reihen hingestreckt, noch glitzerten Tautropfen auf ihnen.

Markus Maats lud das Gras auf die Karre und schob sie heim. Das Rad schrie bei jeder Umdrehung. Wolken kamen über den Horizont, bedeckten die Sonne. Vor dem Elternhaus lagen seit Tagen umgemähte Grasbüschel ausgebreitet. Es war nicht an der Zeit, die untersten zu oberst zu kehren, damit sie der Sonne teilhaftig wurden. Die ersten Tropfen waren gefallen.

Markus Maats stülpte die Karre um, schob mit der Harke alles auf einen Haufen zusammen, breitete eine Teerdecke darüber, holte die aufgespannten Netze vom Zaun, warf sie ins Haus, zog sein Ölzeug an, holte die Stange mit dem Dreizack aus der Ecke und machte sich nach dem Sund auf.

Er sprang ins Boot, stieß vom Ufer ab. Das Boot schwankte unter den Stößen mit der Stange. Die scharfen Zacken glitzerten hoch über Markus' Kopf. Markus drehte die Stange um, stieß den Dreizack tief ins Wasser, dreimal, fünfmal, zehnmal. Dann drehte er die Stange um und stieß sich weiter hinaus in den Sund. Wieder den Dreizack ins Wasser. Zehnmal, zwölfmal, dreißigmal. Ein Aal zappelte und wand sich auf den Zacken. Hinein, in den Bottich. Den Dreizack ins Wasser, fünfmal, siebenmal, achtmal. Ein Aal. Es goß in Strömen. Hundertmal zuckte der Speer in die Tiefe. Das Boot schaukelte wild, der Regen verschlang Boot und Mann vor den Blicken! Dann war der Sturm davongeweht, nach Nordosten zu, und die Sonne brannte nieder, als ob's Sommer wäre.

Markus Maats band das Boot an den Steg, schritt mit Speer und Bottich aus. Riß die Teerdecken vom Grashaufen, breitete die Büschel in der Sonne aus, harkte sie weit auseinander, daß sie den ganzen Bereich vor dem Elternhaus deckten. Hing die Netze an den Zaun. Ließ den Separator sausen. Legte das Ölzeug ab und ging nach dem Gehege, die Kuh holen. Es war zehn Uhr früh. –

Der kleine schiefe Wächter Trimpf stand im Armenhaus an dem Ende der Zeile und hielt Schuster Ula seine Pantinen hin. Sie hatten dicke Sohlen aus Holz. Das Oberleder war unzähligemal gesprungen, wieder zusammengenäht worden und wieder zerborsten. Schuster Ula bewegte sich ächzend von seinem Bett zum Fenster. Er war gichtbrüchig und konnte nur mit Mühe vorwärts. Seit Jahren war er der einzige Bewohner des »Armenhauses«, einer kleinen windzerzausten Baracke, in die es oben hineinregnete. Da saß er auf seinem Schusterschemel und klopfte, wenn er sich nicht ächzend im Bette wälzte.

Trimpf hatte seine blaue Leinwandbluse bis an den Kopf hinaufgezogen, sein ungepflegtes blondes Haar fiel ihm auf den Buckel hinunter. »Hast gehört? Vom Wiesow die Kuh?«

Die Tür öffnete sich, Markus Maats kam herein, mit seinen Wasserstiefeln über der Schulter. Wenn er einem Menschen auf der ganzen Insel nicht zu begegnen wünschte, so war's Trimpf. Er tat, als sähe er ihn nicht. »Guten Morgen,« sagte Trimpf.

»Die Stiefel da, Ula,« sagte Markus, schob den Arm in den Schaft des einen und steckte zwei Fingerspitzen unten heraus. »Bis zum Abend müssen sie fertig sein.«

»Guten Morgen, Markus!« sagte Trimpf und stieß den Fischer, der zweimal so lang war, wie er, in die Rippen. »Hast gehört? Vom Wiesow die Kuh hat sich am Prokrators Zaun das Bein gebrochen, und der Doktor hat ihr was zu fressen geben, da ist das Vieh verreckt. Wirst Geld zulegen müssen und dem Wiesow 'ne neue kaufen.«

Er schüttelte sich, prustete leise, die Bluse rutschte höher, die Haare lagen über ihr wie eine Perücke.

Markus spreizte die Finger im Stiefelloch, daß sich das Leder ganz flach spannte, zog dann den Arm heraus und warf das Paar auf den Tisch. »Heut abend hol ich sie. Adieu.«

Er ging durch die Zeile. Unglück über Unglück. Auf seinen Anteil kamen dreißig Mark. Und die Kleie war auch noch nicht bezahlt. Dazu die Reise in die Stadt.

Aus Fischer Wiesows Fenster guckten vier Kindergesichter heraus, als er vorüberschritt. Er blickte auf das Strohdach hinauf und es war ihm, als sähe er dort ins Stroh gepreßt das boshafte Gesicht der Mutter Wiesow mit der Zahnlücke grinsen. Kein Grund zur Schadenfreude! Wiesow hatte doch selber noch vor zweieinhalb Jahren zur neuen Kuh beisteuern müssen, als Vater Maats seine im Sund ersoffen war.

Eben noch bei Schuster Ula hatte er einen Augenblick lang daran gedacht: ob nicht die älteste Tochter Wiesow für ein Stück Geld zu gewinnen wäre, daß sie an Mutter Barents statt (in Matildas Kleidern, bis sich die Kuh an sie gewöhnt hätte) allmorgendlich die Kuh melken ginge! Damit doch die alte Frau den beschwerlichen Weg nicht jeden Morgen zu machen gezwungen wäre, wenigstens die paar Wochen lang nicht, bis die neue Kuh in die Herde eingestellt wurde! Minna Wiesow war doch schon ein großes Mädchen, zwölf Jahre alt!

Markus sah sich um. Trimpf kam durch die Zeile geschlurft.

Vor Fischer Görrensens Tür stand die Tochter Görrensen mit der Harke in der Hand. Als sie Markus daherkommen sah, ging sie ins Haus und warf die Türe zu hinter sich. Markus hatte vor, zum Meer hinunter zu gehen, um nach seinem Boot zu sehen, das dort in der Hut des Dammes auf den Sand hinaufgeschoben lag, neben den andern, die auf den bevorstehenden Fischzug warteten.

Mit einem Ruck bog er nach rechts ab, zu Peter Ivers Gasthaus. Es sollte doch nicht aussehen, als könnte Trimpf ihn verführen! Aus freien Stücken wollte er einen kippen. Alles war ja doch gleich. –

Doktor Publicatus setzte seine Lederkappe auf und verließ Fischer Rupps Hütte, »das Gemeindehaus«. Das Protokoll über das Ableben eines Rindes war ein wichtiges Dokument, und bei der Art von Kommunismus, in der diese Bauern lebten, mußte jedes Wort sorgfältig abgewogen sein; es ging um das Geld aller Gemeindemitglieder. Als die Türe sich geschlossen hatte hinter Doktor Publicatus, hob Beisitzer Fischer Görrensen den noch feuchten Bogen auf und las durch seine Brillengläser: »am zehnten Oktober neunzehnhundertund.... um die und die Stunde, vor dem Eisenzaun der leerstehenden Sommervilla des Bankprokuristen Jasper aus Aachen . . . . . usw.«

Fischer Schmahl und Fischer Gramm saßen da und rechneten. Fischer Schmahl schob das Papier von sich und schlug auf den Tisch. Der Doktor könne weiter nichts, als tadellose Sterbeurkunden für Mensch und Vieh aufsetzen! Ob es ihm je gelungen sei, einen oder eins gesund zu machen? Hierauf äußerte Fischer Rupp, der Gemeindevorsteher, der Doktor sei ein Schulkamerad vom Reichstagsabgeordneten für Sille, Kirchort und den Kreis, Rittergutsbesitzer Lobesam, daher sei nichts zu machen. Fischer Schmahl brummte einen Fluch in seinen runden Graubart und fuhr mit Addieren und Dividieren fort.

Aufrechten Ganges, wie es seine Art war, schritt Doktor Publicatus die Zeile hinunter. Er war ein schwerer, fester Mann auf zwei zu kurz geratenen Beinen. Leutselig führte er seine Finger an die Kappe, wenn er von Daherkommenden oder aus den Fenstern begrüßt und geehrt wurde. Wenn man das fremde Paar, das seit kurzem auf der Insel wohnte und von dem man ja nicht wußte, was es eigentlich vorstelle, abrechnete, war er der einzige Gebildete auf der Insel dahier, und er wußte recht gut, was er selbst und was die Fischer seiner Stellung als einzigem Gebildeten schuldeten. Seine Gemahlin rechnete er nicht mit zu den Gebildeten. Sie war eine treffliche Hausfrau, rund und purpurn, und er bewohnte mit ihr eins der letzten Häuschen in der Zeile. Oben in die Bodenkammer unterm Dach hatte er sich eine Glaswand setzen lassen, von dort konnte sein Blick frei über das unendliche Meer schweifen.

»Was gibt's denn zu Mittag?« frug er und zog die Hausjoppe an. Indem er die Treppe zur Dachkammer hinaufschritt, kam es ihm immer ganz deutlich zum Bewußtsein, daß er sein Amt unter den Inselfischern aus reiner Herablassung versah. Sein Blick schweifte frei über das unendliche Meer, kehrte sodann durch die Glaswand zurück zu einem begonnenen Aquarell auf dem Schreibtisch. Es stellte eine Nixe mit Tang und Muschelkette in den offenen Haaren dar, eine üppige Frauengestalt, die sich in wohliger Pose über einen vom Meer ausgeworfenen Anker gelagert hatte. Neben dem Aquarell lag ein Blatt Papier mit Verszeilen und den Spuren von Aquarellwischern und Pinselhaaren. Das Blatt lag unter einem Briefbeschwerer mit zwei gekreuzten Mensursäbeln aus weißem Metall. Diese Heubodenkammer war der Ort, an dem der Doktor seine Berufspflichten vergessen, von ihnen ausruhen durfte, aus dem sein Blick, nach einem Rundgang den Horizont entlang, vollgesogen und gesättigt zurückkehren durfte, um die wartende Seele zu künstlerischer Tätigkeit aufzustacheln und anzuspornen. Ohne diese wäre es ja an dem von Gott verlassenen Erdenfleck nicht auszuhalten gewesen.

Von unten, vom Fuß der Treppe her drang Suppengeruch mit dem Geklapper von Pfannen, Tellern und Löffeln herauf.

»Fische und Klöße!« sagte Frau Doktor unten. Sie besaß ein überraschend tiefes, klangvolles Organ, das, ohne daß Doktor Publicatus eine Ahnung davon gehabt hätte, sehr viel zur Ehrerbietung beitrug, die Sille ihm entgegenbrachte.

»Also Fische und Klöße,« wiederholte der Doktor und trat mit zwischen die Zähne gezogenen Lippen den Rückweg über die knarrende Treppe an. Aus dem Wohnzimmer dröhnten zwölf Schläge der Wanduhr durch das Haus.

Vom Sund zum Meer, fünfhundert Schritt weit, lief die kleine Hüttenzeile. Aber es gab unter den Bewohnern der Zeile nicht wenige, die hatten seit Jahren die See doch nicht mehr mit leiblichen Augen angeblickt! Wie ging das zu?

Sie hatten ihre Boote in der Hut des Steindammes liegen, zur Zeit des Heringsfangs, und trieb sie denn die Sorge um das Wetter nicht zum Hügel hinauf, wo der Schuppen mit dem Seezeichen stand? Mit dem Körbchen an der Schnur um den Hals, das Garnelennetz vor den Bauch gestemmt, wateten sie stundenlang im Strandwasser auf und nieder, um für den Aal Köder einzuheimsen; knieten zur Zeit der Frühlingsschäden, der Herbststürme auf dem Dünenhang, um für Taglohn ausgeraufte Grasbüschel neu einzusetzen, neue zu pflanzen, wie der Deichvogt es befahl; auch war Zement zwischen die Fugen des Dammes zu schütten, damit die Wellen ihn nicht zerbrechen sollten – dies waren ja Arbeiten, bei denen es schwer fallen mußte, dem Meer nicht ins Angesicht zu schauen. Warum weigerten sich da manche so hartnäckig und mürrisch, weiter in die Runde zu blicken, als zwei Ellen weit im Umkreis um ihre Ellbogen?

Wo jetzt der dunkle Damm sich zur Düne zog, lag ein Stück Dorf im Abgrund. Das Meer hatte dort die Zeile angebissen, und die Leute, die sich weigerten, hinaus zu schauen über den Damm, wußten, dort unten waren ihre Elternhäuser mit beweglicher und unbeweglicher Habe, mit Wiegen und Betten, Säuglingen und hilflosen Greisen verschwunden. Das war nun dreißig Jahre her.

Die jene Begebenheit erlebt hatten, waren schon reife Leute. Aber wenn sie nach der Seite blickten, wo das Unglück geschehen war, da waren aus ihren Augen Wind, Welle und Wolken weggestrichen, die doch ihre Herrlichkeit im Westen draußen entfalteten, zu allen Stunden des Lichtes und der Finsternis.

Der Wind spielte über die Insel hinweg! Vom Sund her trieb er das laue Alltagswasser mit leichtem Schaum und Geplätscher ans flache Wiesenufer heran. Er stand über dem Baum und zauste freundlich an dem Gefieder der kleinen Vögel herum, suchte sie an dem Weiterfliegen zu behindern und hatte seinen Spaß an ihrem Kampf um ihren Instinkt, der sie zu geometrischen Figuren zusammendrängte. Mit einem Male aber schlug er um und fuhr von der offenen See her auf die Insel los. Die Strohdächer raschelten und wehrten sich. Hätte das Salz nicht Halm an Halm gebacken, sie wären in dunklen Wolken in alle vier Himmelsgegenden auseinander geflogen.

Den Menschen peitschte der Wind Schweigsamkeit, Ernst und Zähigkeit ein, sie mußten sich bei jedem Schritt fest auf ihrem Grund und Boden verankern, wenn es wehte. Draußen auf dem Meere sangen Taue und stöhnten Maste wie besaitete Instrumente unter wilden Fingerschlägen. Harmonie und schrilles Getön, Seufzer und Grollen, Jauchzen und Knirschen, all das ging mit dem Wind durch die Seelen der Bewohner der kleinen schifförmigen Insel hindurch.

Die Wellen des Meeres kannten den Wind und gaben sein Rauschen dem Erdboden wieder, wenn sie sich am Strande überschlugen. Weit draußen in der finsteren Tiefe begann schon das untere frische Land in breiten Stufen gegen das Licht aufzusteigen, und jede Welle, die von weit her angerollt kam, lief leicht oder schleppend diese Stufe hinauf, um den Boden der Menschenfüße zu erreichen. Sie stiegen, glitten, hüpften, rollten übereinander, und die dritte, siebente, neunte erwies sich als mächtiger als die anderen, die um die Wette mit dem Salz an den Sand heran und mit dem Sand in die salzige Tiefe zurückliefen.

Diese Wellen der verborgenen Zahl waren es, mit denen die Gürtelreste, Muschelsträhnen und das unheimliche Geäst versenkter Wälder heraufkam, und die in den fliehenden, zarten Sand Kreise, Zeichen und Gruben prägten. Wie sie unter dem Gewässer die Stufen des Landes hinaufgelaufen waren, so liefen die Wellen unter der Sonne die letzte Stufe zur Düne hoch. Hier aber ließen sie buntes, duftendes Gras liegen, das war rötlich wie alter, gelagerter Wein, smaragdgrün wie Gefieder von Tropenvögeln, braun wie Frauenhaar. Myriaden kleiner Muschelwesen klebten daran fest, knirschten unter den Schritten, sprenkelten verfärbt den Teppich von Rot, Grün und Braun unter der kaltblauen Sonne und hatten ihre Spitzen in die Knollen, Schoten und Buckel der Tangs eingegraben, die platzten und aus denen in Körnchen Öl und Salzsamen zum Vorschein kamen.

Helle Vögel schwebten, segelten, schossen aus dem Meer auf den Teppich nieder. Mit ihren Schnäbeln suchten, zerrten, pickten sie sich Nahrung aus allen Falten heraus. Ließen sie sich für Augenblicke auf dem Sand nieder, dann blieben dort Kreuze, Dreiecke, Sterne, geheimnisvoll und vielsagend, wie jene Zeichen, die die Wellen niedergeschrieben hatten. Aber leicht und selig, wie sie gekommen waren, schwebten sie zur Höhe wieder und waren bald eins geworden mit dem Wind und der Wolke. Oft waren sie nicht vom Schaum auf den Wellenkämmen zu unterscheiden, und das Auge des Vogels tauchte in die Flut. Es nahm die Brechung der Strahlen im Wasser nicht wahr; denn die Schnäbel trafen scharf die sorglos spielende Beute zwischen der siebenten, der neunten Welle; dann wirbelten die Vögel wieder hoch auf und zergingen bald im flimmernden Gefunkel der Luft über dem Meere.

In der Ferne, wo die Erde sich bog, wo im fahlen Sonnenuntergang die Schiffe mit Segeln und Rauch plötzlich erschienen, plötzlich im Dunkel verhuschten, berührten sich Himmel und Flut wie ein schweigendes Lippenpaar. Des Menschen Auge drang nicht weiter hinaus, es hatte seine Grenze in diesem Schweigen von Anbeginn. Dort war die Geburtsstätte der seltsamen Gebilde aus Himmel und Flut, vom Atem der Gottheit in die Welt geweht, damit die Meuschenseele sich von ihnen nähre wie von kriechendem Getier der Menschenleib. Die wunderbaren Wolkengeschöpfe kamen vom Horizont her über den Himmel gezogen und flogen stumm über die Erde hinweg, von den Gestirnen allein in Ruhe und Ordnung gehalten und nach unbekannten Gesetzen regiert.

Erst waren sie nur ein Schimmer im Westen. Ein fernes Stück Inselreich mit steilen Felsen und grünem Rücken, von unsichtbarer Sonne überglänzt. In ihnen schimmerte der Wunsch und die Sehnsucht auf, die in der Anschauung der Wirklichkeit ihren Ursprung fanden, aber ihr Ziel zu weit hinaus gesteckt hatten. Im Emporsteigen wurden sie für eine Weile dem Meeresreiche ähnlich, für das die Einbildungskraft kein Gleichnis sucht in der erkennbaren Welt. Plötzlich lösten sie sich los von der Seele und der Welt und schwammen dahin, ohne Fessel und Grenze.

Sonderbar war das Leben des Wolkenvolkes, wie's dahergeschwebt kam aus der Ferne, auf die Insel zu, um die Zeit des zunehmenden Herbstmondes. Es gab vom Spieltrieb und Wandertrieb der Elemente Kunde, von Ereignissen, Schicksalen hoher Art.

Wie Lämmer in Flocken zog das Volk hin. Oder wie Zugvögel in Pfeilen. Wie Fahnen, lang über den Himmel von Süden nach Norden geschwenkt. Wie Lawinen in Ballen rollte es, mächtiger und immer mächtiger geballt, vom Windhauch angetrieben. In unendliche Farbentupfen konnten die Wolken auseinandergerückt sein, und diese Farben schüttelte der Wind durcheinander und streute sie aus über das ganze Firmament. Lustige Wolken gab's, die Verstecken spielten, sich verbargen voreinander, an Stellen zum Vorschein kamen, wo sie nicht anders als durch ein Gewühl sich hindurchgedrängt haben mußten.

Aber bei keiner Wolke verweilte der Sinn williger, in tieferer Hingabe, als bei der dunklen, drohenden, jener, die voll von Gewittern, trächtig von Sonnenuntergängen, überquellend vom Windhauch und dem Salz fernster Zonen herangerollt kam, wie durch die Ewigkeit! In ihr wachten Gebilde, Gestalten, Antlitze auf, glühend wie Edelsteine, durch die Götter blicken. Gletscher und Bergseen, von Baumkronen verhüllt, durch die sich glitzernd der Silberschmuck der Milchstraße gewunden hatte; verschmolzene Jahreszeiten. Alles Holde und Beschwerte, das dem Menschenleben zuteil werden kann, Furcht und Glück des Traumes, Gipfel und Abgrund, Tod und Auferstehung kamen in der Wolke herangerollt auf den Strand zu, der verödet lag und über dessen Gräser die Winde hinwegstrichen. –

Wie jene Wolke sich erhebt, ballt, löst, da ist! Jetzt ist genau zu erkennen: in ihrer Mitte ist schimmernd eine Tafel aufgeschlagen, um die Greise, Jünglinge und Kinder versammelt sitzen. Ihre Köpfe haben hellen Schein, rötlichen, dunkelbraunen, sonnengoldenen, als ob die Tafel im Freien aufgeschlagen wäre und der Windhauch durch die Locken führe. Eine Gestalt fehlt in der Reihe, und in dieser Lücke breitet sich der makellose Himmel aus, heller, durchsichtig, nimmt an Glanz zu, und es ist, als sänken die Köpfe tiefer aufs grobkörnige Tischtuch, sie schmelzen in Trauer, Bruderarm schlingt sich um Bruderschulter, ein Schluchzen verzerrt die Kette . . . .

Zu Füssen des Tisches aber ist jetzt ein goldener Schein entstanden, wie von einer im Knien zusammengesunkenen Gestalt. Sie hat rötliches Gewand an, einen Purpurrock dunkel gesäumt. Senkrecht schwebt ein Flor zu ihr nieder, verhüllt sie, schmiegt sich um ihre Umrisse an, die Demut ist es, die aus dem hellen Himmelslicht in der Mitte auf die farbige Gestalt niedergeschwebt ist. Jetzt zerfließt dieser Purpur, streckt Arme aus, lichte Fühler, die sich der dunklen Masse nähern, sie umfließen, sie zu umschließen suchen, sanftes Emportasten an der Wurzel, aufwärts, und die dunkle Masse erhebt sich, wird riesig, scheint die Gestalt eines ragenden Greises, an dem das Gebilde aus Purpur und Gold hinschmilzt in einer Gebärde voll Sanftheit und Selbstentäußerung, wie Christus mit eigenen Händen Petrus' Füße vom Staube reinwäscht.

Und nun zerstiebt das Gesicht, und Helle und Dunkel sind eins geworden. Wie Rauch ziehen Schwaden von Orange und Violett in die Himmelsbläue des Mittelpunktes hinein, dort bildet sich hoch und steil eine goldene Tanne, nein, es ist ein Thron, und seine Stufen sind weiß wie Milch oder Alabaster und grün wie Jade. Der Baldachin ist ein Schleiergehänge, das in den Farben des Abends erglüht. Und zu diesem Thron wollen und wallen Herden bunten Gewölks von Nord und Süd über den Himmel her, hoch und niedrig, und verweilen nicht, der Zug ist endlos, ohne Anfang und Aufhören. Der Thron aber, auf dem niemand steht, schwankt und erbebt und wird zerspalten in schmale Risse, die sich allmählich weiter voneinander entfernen. Und diese Flore scheinen zu wachsen, empor zu steigen, und jetzt ist der Baldachin im Himmel verschwunden, die Stufen sind tiefer gesunken, haben sich zu einem Hügel gewölbt und aufgeworfen, und aus dem Hügel wachsen drei Strahlen empor, lang und hoch; hell der mittlere, stahlblau und blutigrot die beiden seitlichen. Alle drei reichen gleich hoch in die Höhe und wurzeln im selben Hügel. Jetzt wächst der mittlere und wächst, jetzt wird er gar dünn, nicht viel mehr wie ein Strich, jetzt schießt ein Licht durch ihn, jetzt sinken und sinken seine Genossen zur Rechten und Linken, es kommt ein Ton aus der Ferne, das Licht ist es, das singt, der Abendwind singt seinen Psalm über dem Meer, auf das der Himmel Myriaden Wolkenfarben niederregnen läßt, einen Schuppenpanzer von Lichtern und Dunkelheit. Und die aufgeregte Fläche beruhigt sich, glättet sich, die Farben sinken in die Tiefe und gehen ein in die Muschelschalen, die ihren Glanz aufsaugen. Und aus dem Psalm wird ein Orgelton der Tiefe, der Abend senkt sich nieder über alles und wird Nachtstille. Oben funkeln die Gestirne, und zwischen ihnen und der Orgel, die tief im Abgrund stumm dröhnt, dehnt sich das Meer atmend im Schlaf.

War die Nacht gekommen und kreiste der Schatten des Leuchtturmstrahls weit über die Insel her, da traten die Bewohner der Zeile vor ihre Hütten. Vor jeder Hütte war eine schmale Bank, da saßen die Fischer mit Weib und Kind und genossen die Ruhe vor dem Schlaf. Alle kannten einander, waren verwandt und verschwägert untereinander. Darum saß jeder vor seiner Hütte für sich, sah zu, wie die Glut in seiner Pfeife röter, blasser wurde, sah das blonde Köpfchen seines jüngsten Kindes hinunter sich neigen auf den Schoß der Mutter, sah zu, wie seine eigenen Hände, fremde Wesen, müder fast als der Körper, zu dem sie gehörten, mit aufwärts gekrümmten Fingern auf den Knien von der Arbeit des Tages ausruhten. So saß das Volk von Sille auf den Bänken, Abend um Abend.

Dann standen die Bänke leer. Hier und dort flammte ein Licht hinter Gardinen auf. Noch eine Weile war's hell im Wirtshausfenster. Schließlich erlosch der Lampenschein auch dort, und nur der Leuchtturmschatten fuhr kreisend vom Festland her in die Runde.

Er streifte, streichelte, huschte über die weißen Mauern der Hütten in der Zeile. Rührte an die Fensterscheiben, glitt die Strohdächer entlang. Auf den Wiesen suchte er das Gemäuer des unfertigen Hauses auf, das das größte auf der Insel hatte werden wollen und nun dastand wie eine Ruine. Und auch die beiden anderen Häuser, die mit den Ziegeldächern, lagen für Augenblicke blau in seinem fernher fallenden Licht. Der Lotse, ein alter Kauz, war längst aus dem einen fortgezogen, niemand wußte wohin, nun verfiel's. Und das andere war die Villa des Bankprokuristen aus Aachen. Im Sommer war fröhlicher Lärm um dieses Haus, Lärm und Fröhlichkeit in allen seinen Zimmern, jetzt waren die Läden zu, Türen zugenagelt, die Beete sandverweht. Tiefer schliefen diese drei Häuser, die verschlossenen und das unfertige in die Nacht hinein als alle die anderen in der Zeile, durch die der Atem der Schlafenden kam und ging. Aus ihrem Innern hatte sich die Dunkelheit einen Spiegel bereitet. –

Auf der ganzen Insel war nur ein Haus, in dem zur Nachtzeit nicht geschlafen wurde. Es stand, von dichter Hecke umgeben, in der Zeile, und in ihm hauste Mutter Grimsehl.

Erst wenn der letzte Funke auf der Erde und im Himmel verglommen war, wurde sie lebendig, die Alte. Da kroch sie heraus aus ihrem Winkel! Ohne Licht zu machen, schlich sie durch die beiden Stuben ihrer Hütte, humpelte die Bodentreppe hinauf und hinab, hantierte in der Küche herum, sah nach dem Rechten. Zuweilen blieb sie vor einem Gerät, einem Gegenstand stehen, rieb und putzte an ihm herum, bis er blank war. Auf dem Fußboden neben ihrem Bette lag ein Kiesel. Der flog zwischen ihren Händen hin und her, sie preßte ihn in ihre Achselhöhlen, hauchte ihn an, nahm ihn in ihren zahnlosen Mund, scheuerte ihn an den Falten ihrer wollenen Schürze, emsig und fanatisch, bis er zu leuchten anfing! Und mit dieser Laterne, die ihren lichtentwöhnten Augen genügte, suchte und fand sie den Blasbalg beim Herd, die Schwefelhölzer, Milchnapf und Mehlbeutel, kam an der Kante der Kohlenkiste, an den Eisenbeschlägen der Dielentruhe vorüber, ohne anzustoßen.

Sie war hoch gewachsen, aber im Kreuz geknickt. Daran war nicht das niedere Gebälk ihrer Stuben schuld, sondern ihr eigener Wille hieß sie so herumgehen. Wie sie auch die Hütte aus freien Stücken weder am Tage, noch nachts verließ. Seit Jahren hatte niemand vom Inselvolk sie mehr erblickt. Zuweilen brachte der Dampfer eine Kiste für sie mit. Die Kiste wurde durch die Tür ihrer Hütte zu ihr hineinschoben, sie drückte sich in die Ecke und war nicht zu sehen. Dann schlug sie die Tür zu, verriegelte sie, und unten im Spalt zwischen Tür und Schwelle kamen Scheine, kleine Münzen zum Vorschein. Ein wenig Rauch am frühesten Morgen aus dem Schornstein ihrer Hütte war das einzige Lebenszeichen, das Sille von der Alten zu sehen bekam, jahraus, jahrein.

Wie alt war sie denn? Sie hieß schon die alte Mutter Grimsehl, als das Meer die letzten Häuschen der Zeile abgebissen hatte. Vor diesem Ereignis war sie nicht viel unter den Leuten zu sehen gewesen, seither aber gar nicht mehr. Sie mochte ebenso alt sein wie die Baronin Voß auf dem Siel überm Sund.

Nein, ebensowenig wie die Siller von der Einsamkeit wußten, in der sie dahinlebte, ebensowenig ahnten sie, daß sie zuweilen Besuch von lebenden Menschen empfing, nicht etwa von Gespenstern oder vom Leuchtturmschatten!

»Treten Sie doch ein, geben Sie mir die Ehre!« Das Tor ging auf und fiel zu hinter den Besuchern. Zur nachtschlafenden Zeit war's. Die Alte öffnete die Tür zum Wohnzimmer, und die beiden Fremden setzten sich aufs Roßhaarsofa, das an die Wand gerückt stand, zwischen dem Spinnrocken, auf dem Mutter Grimsehl ihr Wäschelinnen selber spann, und der taubstummen Wanduhr, die sich alle Stunden einmal räusperte, einen vergeblichen Anlauf zum Schlagen nahm, worauf das alte Werk seufzend und mit einem unterdrückten Gähnen wieder eine Stunde weiter vorwärts schlich.

Da saß nun das Besucherpaar, diese beiden Fremden, die seit einiger Zeit allein in der Nachbarhütte wohnten, mit niemand auf der Insel Gemeinschaft pflogen und auch in der Welt draußen keinen Anhang zu haben schienen, denn es kam niemals Brief oder Sendung für sie an. Die beiden, die die Reisenden auf dem Verdeck des weißen Schiffes Kay und Moina benannt hatten, nach einem Buche, während sie durch den Sund an der kleinen Insel vorübergefahren waren.

Sie kamen selten mit leeren Händen zur Alten herein. Meist brachten sie ihr Nahrung, oder einen mißlichen Gebrauchsgegenstand, dessen Fehlen ihrem umherschweifenden Blick bei ihrem letzten Besuch aufgefallen war. Aber auch anderes brachten sie zuweilen mit, irgendeine Seltsamkeit vom Strande. Eine vom Salz halb zerfressene Kupferspange mit Spuren alter Geschmeidezieraten auf der Fläche. Oder ein Stück Bernstein mit einem Schmetterling innen. Oder eine Muschel, die aussah wie das gebrochene Auge eines Ertrunkenen. Die Alte nahm das Geschenk an, kicherte vor Freude, griff nach den Händen der Fremden, drückte, streichelte und schüttelte sie. Und die Fremden sahen sich an und lächelten vor Staunen. So wunderlich warm und lebendurchblutet waren diese zitternden alten Knochenhände!

Dann begann die Alte zu erzählen. Auf dem Boden der Stube lag ein Teppich ausgebreitet, der war aus tausend winzigen bunten Lederflicken zusammengenäht. Ebenso bunt war's, was die Alte erzählte. Jeder Lebende war ihr bekannt auf der Insel, – Mann und Frau, Kind und Greis, und ebenso jeder Tote. Ja, sogar die noch Ungeborenen kannte sie schon und wußte auf die Stunde genau vorauszusagen, wann ihre Mutter ihre schwere Stunde haben und sie mit einem Schrei das Licht erblicken würden. Die Siller hätten Augen und Münder aufgesperrt, hätten sie hören können, was die Alte von ihnen, ihrem Tagewerk und ihrem Nachtschlaf, ihren Schicksalen und ihren verborgenen Wegen im Traum wußte!

Sie sagte: »Geben Sie auf Matilda acht. Heute ist Mittwoch, am Sonntag legt sie sich hin, nächsten Mittwoch wird sie begraben werden.« Woher kam ihr ihre Weisheit? Ja, sie war mit allem vertraut und lebte nur nachts, das war es! Und sie sagte: »Markus Maats, der nimmt ein böses Ende! Aber keiner kann für Tod und Geburt und was dazwischen ist!«

Die Fremden baten: »Erzählen Sie von Ihrem Leben, Mutter Grimsehl!« Aber da verstummte die Alte, und es kam ein böser Zug in ihr Gesicht. Sie wollte nichts über sich aussagen. Vielleicht graute ihr vor ihrem Leben? So daß sie lieber über das Leben der anderen nachdachte? Sie schlief ja nie mehr, weder am Tage noch bei Nacht. Das war das einzige, was sie den Fremden von sich erzählt hatte.

Aber gar zu gern hätte sie Kay und Moina über ihre Schicksale berichtet. Sie wußte ja, seit sie ihnen zum erstenmal, wenige Augenblicke nur und mit geschlossenen Augen gegenüber gesessen hatte, Bescheid über alles, was die beiden betraf, Vergangenheit und Zukünftiges. Doch die beiden befragten sie nie darum. Wenn die Alte mit Erzählen aufgehört hatte, blieben sie stumm und beladen mit allem, was sie nun wußten, über die Menschen erfahren hatten, über Gott sich zusammen gereimt hatten, sitzen und sahen auf den Flickenteppich zu ihren Füßen nieder. Dann blickten sie sich um und sahen: die Gardinen waren fadenscheinig; vielleicht benötigte die Alte Zwirn? Beim Krämer hatten sie Reis gesehen, eingemachte Früchte. Sie frugen die Alte. Die tat ihnen schön, schüttelte den Kopf, sagte aber nicht nein!

Dann standen Kay und Moina auf und entfernten sich so lautlos, wie sie gekommen waren. »Gott wird euch segnen!« rief ihnen die Alte nach. Sie wiegte den Kopf hin und her und sagte: »Vergesset nicht, was ich vom Regenbogen gesagt habe!« Sie hob ihre knöchernen Finger, wies auf Kays Augen, dann auf Moinas Augen: »Damit zwei zueinander gehören, dazu muß der eine Fuß des Regenbogens im Kindsbett der Mutter von dem einen gestanden haben und der andere Fuß des Regenbogens im Kindsbett der Mutter von dem anderen. Dann schadet es nicht, wenn die halbe Erde dazwischen ist, der Regenbogen spannt sich ja darüber! Kommt wieder! Gott schenke euch Schlaf!«

Die Fremden schieden. »Kommt wieder, ihr!« hörten sie die Alte sagen, drin hinter dem verriegelten Tor. Sie gingen über das Stückchen dunklen Rasen in ihre Hütte hinüber, um bis zum Morgen zu schlafen.

Hoch und dunkel zog sich der Steindamm von der Zelle zur Düne hin. Er beschützte die Insel vor dem Meer. Höher als die Düne, viel höher als der Hügel mit dem Schuppen und Seezeichen ragte er empor. Wer sich auf seinem Rücken erging, dort oben unbeweglich still stehnblieb, konnte von allen Punkten der Insel deutlich erblickt werden im glasklaren Licht.

Jeden Morgen stiegen die beiden auf den Damm hinauf und sahen um sich weit über Insel und See. Zuweilen berichteten sie sich, wo sie in den Träumen der verflossenen Nacht gewesen waren. Nirgends träumte es sich so wunderbar wie auf Sille. War der Wind daran schuld, der vom Festland her und von der See her über die Insel strich? Oder die Stille, Einsamkeit? Die Heiterkeit, die aus Stille und Einsamkeit sich über die Seelen breitete? Nirgends war das Leben einem wunderbaren Traum so ähnlich, wie in der Abgeschiedenheit von Sille. Nirgends waren die Träume so dicht von Wesen bevölkert, die dann hinüber kamen ins Wachsein, als wahrhaftige Freunde und Schutzgeister.

»Woran erinnert dich dieser Stein?« Einer der riesigen dunkel gefärbten Steine, aus denen der Damm ganz zusammengeht war, lag vor Kays Fuß, sein Schatten fiel über den Stein. Der Stein erinnerte Moina an eine Landschaft, ein Menschengesicht, eine Begebenheit, die sich vor langer Zeit zugetragen hatte. Zuweilen erwies es sich auf diesen Morgenwegen, daß sie beide in der Nacht denselben Traum, oder einander sehr ähnelnde Träume, geträumt hatten; aber das war im Grunde das am wenigsten Wunderbare in ihrem Leben. Sie blieben stehen, blickten vor ihre Füße nieder und trachteten sich zu entsinnen.

Die riesigen, bunt gefärbten Steine, aus denen der Damm zusammengesetzt war, stammten aus den entlegensten Gegenden des Landes. Wie viele Brüche, wie viele Bergesinnere, wie viele Felsen,

Trümmerwiesen, Findlingsstätten hatten dazu beigesteuert, daß dieser Schutzwall sich erhebe an der gefährdeten Küste! Unbehauen waren die meisten, andere nur leicht behauen. Die Wellen liefen bei stürmischem Seegang an ihnen empor, flossen in kleinen Sturzbächen aus ihrem lockeren Gefüge wieder ins Meer zurück. Es gab unter diesen Steinen welche, die waren wie die Sommernacht über beschneitem Hochgebirgskamm. Andere waren in der Mitte geborsten und zeigten aus Kalk eine wunderliche Fläche, wie der Mond durchs Fernrohr gesehn. Entzweigeschlagene, mächtige Kiesel reckten Amethystzacken aus ihrem Bruch, erstarrte Wälder von violetten Fichten. Wieder anderen lief rotes Geäder durch den grauen Leib wie Blut durch krankes Fleisch. Einer täuschte einen versteinerten Baumstamm vor, einer eine auf dem Meeresgrund muschelhart gewordene Galionfigur. Es war nicht so wunderbar, daß alle das Auge fesselten, jeder, den der Fuß erfühlte, Bilder in der Einbildungskraft erweckte, ein Stück tieferen, wirklicheren Lebens, als der Anblick des Menschenvolkes. Wenn Kay und Moina den Damm entlang geschritten und den schrägen Abhang zum Strand hinunter gelangt waren, da hatten sie Nahrung eingenommen für den bevorstehenden Wandertag.

Auf dem Strand war weit und breit keine andere Fußspur zu erkennen, als die der beiden Fremden, die Fußspur vom vorigen Tage, und wenn das Meer sie nicht weggewaschen hatte, von früheren Tagen noch. Die Düne fiel steil zum Tangteppich hinab, dieser zum Sand, der zum Wasser. Gegen die Südspitze der Insel zu war die Insel von zwei tief eingekerbten Buchten zusammengeschnürt, einer von der Sundseite her, die war mit Schilf umrändert, von Wildentenschwärmen bevölkert, die andere hatte das Meer aus dem Sandleib, dem Wiesenleib herausgesägt; dies war die Bucht, in die die Wellen jene Seltsamkeiten führten, Kupfergürtel, Bernstein, zuweilen Flaschenpost, hie und da einen Strandwäscher, wie die Leute die angeschwemmten Leichen nannten.

Jenseits des dünnen Wiesenstegs zwischen den Buchten wuchs das Gras in fahleren Büscheln als auf dem Rest der Insel. Dort grasten die mageren Kühe der ärmsten Fischer. Kay und Moina gingen gern auf diesem südlichen Teil Silles spazieren.

Von ferne sahen die Fischer die beiden über die Insel gehen, sel-
bander oder allein, jeden für sich. Sie waren in helle Farben gekleidet, ihre Schatten fielen hell. Die Fischer blickten von ihrer Arbeit
auf und fühlten in sich Mißtrauen aufschießen gegen diese Fremden; Argwohn, Befremdung. Was trieben sie denn, was suchten sie
an diesem versteckten Stück Erde? Es war Herbst, in den Städten
hatte die Arbeit wieder begonnen. Indes, sie grüßten, wenn sie an
den Fremden vorbeigingen, erwiderten auch ihren Gruß. Die Kinder zogen die Mützen, die kleinen Schulmädchen knixten und sagten Grüßgott. Das Ladenfräulein schloß die Tür hinter ihnen, wenn
sie eingekauft hatten. Aber was waren sie denn, was stellten sie vor:
glückliche Menschen oder Flüchtlinge? Sie hielten den Kopf in den
Wind gereckt, als horchten sie, draußen auf den Wiesen. Endlose
Zeit sah man sie regungslos auf einem Flecke stehen, im Mittags-
glanz, der sie in Luft aufzulösen schien. Zu Hause sprachen die
Fischer von den beiden. Sie verursachten ihnen Nachdenken, Kopf-
zerbrechen.

Kay ging allein über die Düne, deren Gräser die vier Winde schüt-
telten. Auf einmal war alles wieder über ihm, alles Geheimnisvolle,
Quälende, woraus Welt und Leben der Menschen geschaffen sind.
Am Rand eines gemähten Wiesenvierecks blieb er stehen. Die Linie
des unberührten Grases neben den Stoppeln erinnerte ihn daran,
was ihm das letztemal eingefallen war: es gab einige wenige Menschen, deren Los bestand darin, daß sie alle Leiden der Welt in sich
spüren mußten, gesteigert bis zur letzten Grenze der Leidensfähig-
keit. Die anderen Menschen hören diesen Auserwählten, Wissenden
zu, denn sie sind es ja, die den Menschen ihr von Gott bestimmtes
Schicksal zu verkünden haben, sie allein dürfen es. Statt aber nun
Mitgefühl oder Dankbarkeit für diese Geopferten zu empfinden,
fügen die anderen ihnen noch alle erdenklichen Leiden, Demüti-
gungen, Hohn und Haß zu, und sehen dann mit befriedigter Neu-
gierde hin, wie jene Beladenen die neue Bürde schleppen, ihre Prü-
fung bestehen.

Diesen Gedanken fand Kay vom letztenmal an dem Wiesenrand
vor. Langsam strich sein Blick die Linie zwischen dem Gras und
den Stoppeln entlang.

Was ist denn Güte? Sie kann nur Vergeltung für Böses sein, sonst gehörte die Welt den Wechslern, Wucherern.

Gut sind jene allein, die aus der ihnen zugefügten Qual Stärke der Seele und Liebe für ihre Peiniger zu ziehen vermögen.

So spricht der Gütige: Bruder, du leidest unschuldig. Wälze sie her auf mich, deine Bürde, denn bei mir ist sie gut aufgehoben. Wendet sich dann vom Mitmenschen ab und spricht ins Ungekannte hinüber: Ich möchte noch schwerer an meiner Last zu schleppen haben, hörst du? Warum gabst du dem Menschen die Fähigkeit, sich zu gewöhnen? Ich wüßte nicht, wie ich von dir denken sollte, gewöhnte ich mich an die Last! Gibst du die Last zugleich mit der Fähigkeit, sich an sie zu gewöhnen? Was hat es zu bedeuten . . .

Schenke mir das schwere Leben, beladen mit Mühsal, Gram, unversieglichen Tränen. Nicht Freundschaft, nicht Liebe, nicht die Folge von Eltern und Kindern und Kindeskindern ist es, was die Generationen zusammenbindet, sondern der Schmerz. Zerknitterte Lider über leeren verwüsteten Augäpfeln sollen das Wahrzeichen der Wahrheit in der Welt sein! Dem Körper sei die Fähigkeit zum Lachen geraubt, damit fange die Genesung an; es soll kein unsauberer Hauch auf den Erzschild fallen, hinter dem du verborgen stehst. Unruhe verstecke den Schlaf in den Nächten. Trotzdem möge das Blut röter werden. Denn wessen Blut das röteste ist von allen, der darf am stärksten leiden. Alles Träge sei fortgepeitscht aus dem Innern. Der Beste steckt ja noch voll von Lastern und Lügen und Ungerechtigkeit. Er darf von dieser Welt, die von der Sünde und Zwietracht lebt, nichts empfangen wollen als die Kraft zum Entsagen. Kann die Hand das Ballen nicht lassen, so mögen die Nägel ins Fleisch wachsen.

Gib nicht zu, daß der Bescheidene verachtet, der Demütige gehaßt werde um seiner mitgeborenen, unerworbenen Tugend willen. Ja, auch der Spieler, der Hochmütige, der Leichtfertige, der Sieger sei nicht gehaßt, sondern bemitleidet. Der Künstler sei nicht gehaßt, darum, weil er sich noch nicht beugen lernte vor dem Enterbten. Der sich Wandelnde nicht, wenn er nach dem Unrechten hin sich wandelt!

Hier ist das Buch der Unwissenden, auf dessen Seiten sie geschrieben haben, was herrscht und was gehorcht. Da sind Worte zu lesen: Kraft und Schwäche, Reichtum und Armut, Weisheit und Wahrheit. Ja auch Böse und Gut. Der Hauch der vier Winde aber bläst über das Buch, und das Gesetz strömt auf über seine Seiten: Das Leiden aller! Triumph ist Schmerz und Niederlage, und Niederlage ist Schmerz um die Vergeblichkeit. Der Erkennende leidet unter der Unerreichbarkeit wie der Tor an der Kluft des Instinktes. Welcher erlahmt zuerst, Märtyrer oder Henker? Wessen ist die Ekstase?

Die Ursache aber ist: Gott selber leidet. Ein Gott, der im Widerstreit mit sich selber steht!

Kay dachte an eine schwankende Wage, ein grübelndes Janusantlitz über den Begriffen Gerechtigkeit und Macht. Eine Träne rollte weither wie Erdbeben: Gott möchte vergessen, ungeschehen machen, Gott bereut!

Er schritt vorwärts über den schmalen Steg zwischen den Buchten. Heidekraut und dürres gelbliches Gras wurzelten im kümmerlichen Sandboden. Er blieb stehn und horchte auf die Wellen, von beiden Seiten, den Wirbelwind zu seinen Häupten, die einander schlagenden Laute der Elemente.

Wie war Gott beschaffen? Die Menschen klassischer Zeiten formten einen um jedes ihrer Laster, um jede ihrer Tugenden herum. Der Gott Israels war Stärke, der der Christen Zerknirschung, der Gott des Orients Rast. Gott hat schuld! Im unbegriffenen Keim, aus dem das Körperphantom des Menschen entsteht, sitzt Gottes Schuld. Welches Los hat der Keim mitbekommen? Gott sühnen – nicht ihn mit sich aussöhnen! Aber es kann aus diesem Stoff doch immer wieder nur ein leidender unerlöster Gott erstehen. Auf dem Wege der Einsamkeit und der vier Winde in rechter Weise gläubig sein, zur Hilfe des Mitmenschen erstarken durch Leiden und Erdulden!

War es denn nicht besser, tot zu sein? Die Beute des Urwaldes oder der Meeresuntiefe, des Bären, des Hähers, der Liane oder des leuchtenden Fisches mit scharfer Flosse, der kreisenden Alge, zum Fortbestand des Namens in Ewigkeit? Nicht besser tot zu sein, als weiter zu leben ohne Mitgefühl, ohne Hilfsbereitschaft und ohne Zweck?

Kay horchte auf. Aus geringer Entfernung klang es zu ihm herüber wie Gestampf. Es kam vom letzten Ende der Wiese, dorther, wo der Graswuchs zu Ende war. Ein Rind stand dort angepflockt, sprang, wand sich, hieb die Hörner gegen den Erdboden, schlug aus wie in großer Angst, drehte sich im Kreise. Hie und da stieß es einen kurzen, klagenden Laut, ein Schmerzensgebrüll aus. Blieb dann zitternd stehen, und seine blutunterlaufenen Augen blickten in die Augen des Menschen, der ihm ganz nahe gekommen war.

Kay sann: wie war das Tier zu befreien? Es hatte seine Beine in den Strick verwickelt und mußte darum in immer engeren Kreisen um den Pflock springen. Kay streckte die Hand nach den Hörnern aus, um das Tier zu packen, zu führen, daß es aus der Schlinge herauskönne. Bei der Bewegung, die seine Hand beschrieb, brüllte das Tier wild auf, versuchte einen Galopp, der Strick schnitt tief in den wunden Knöchel. Zittern lief über den Leib. Kay ging um das Tier herum. Nun machte es einen Satz zur Seite, riß an dem Pflock. Der Strick zog eine tiefe rote Furche in den Hals des verängsteten Tieres. Schaum strömte über sein Maul. Die Augen rollten in Blut. Noch einmal versuchte Kay, sich ihm zu nähern. Er hob nur leise, nur sanft die Hand, um es nicht zu schrecken. Da warf sich das Tier auf die Erde nieder und wühlte den Kopf in den Sand, schlug mit den Hörnern eine Wolke auf, als sei das Schlächtermesser an seine Kehle gesetzt. Kay ließ von seinem Vorhaben ab, ging von dannen. Eine große, hoffnungslos Traurigkeit hatte sich seiner bemächtigt. Er ging über den schmalen Steg zwischen den Buchten zurück. Bald hatte er wieder grünenden Rasen unter seinen Füßen. –

Die Sonne stand hoch über der Insel. Keine einzige Wolke war auf dem Himmel zu sehn. Aber als Kay wieder aufblickte, war die Luft voller Vögel. Ein Zug flog munteren Fluges südwärts. Aus dem fernen Baum, vom Rasen, vom Erdboden, dem Dächerstroh waren Schwärme aufgeflogen, die Köpfchen der Vögel hatten sich nach dem Blau oben gewandt, trunken schwankten sie durch die Luft.

Gesang kam mit den Wellen des Windes über die Insel geflogen. Kay hob den Kopf und erkannte Moinas Gesang. Als hätten die Vögel ihn mit sich empor gehoben auf ihren weißgrauen, grauschwarzen Flügeln und über den ganzen Himmel verteilt, so klang der Gesang. Die Luft war voll von schwirrenden Flügeln und von Moinas Gesang. Sie selbst aber war nicht zu sehen.

Wo stand sie denn? Am Fuße, im Schatten der Düne, des Dammes, vor einem Haus, auf dem Sand draußen, von dem die Ebbe alle Wellen zurückgezogen hatte? Zu einer Muschel niedergebeugt, die Augen zugepreßt vor dem Flimmern des glänzenden Spiegels, über dem die Sonne stand? Moina war klein von Gestalt, aber ihre junge Stimme hatte Kraft! Man konnte Worte nicht unterscheiden, es waren Töne allein, die aus ihrem Munde in die Höhe sprangen wie kleine schwebende Wesen mit dunklen runden Vogelaugen, hoch in die Luft, in gleichen Schwingungen emporgeworfen über das Land, das in der fast sommerlich heißen Anmut des Tages dalag. Seltsam war diese Wärme, die aus der Herbstsonne durch alle Poren drang, zwischen die Lippen in den Atem strömte.

Kay erriet: es war des Lebens Schönheit, die der Gesang verkündete. Er meinte, er könnte Moina jetzt sehen! Und doch war das unmöglich. Er blickte ja geradeaus in die Luft über sich. Aber er sah sie doch ganz deutlich: mit erhobenen Armen kam sie heran, die Sonne machte ihr Haar heller, spielte auf den Spitzen ihrer Finger, die sie ein wenig gespreizt hielt. Ein Strom von Duft zog über die Wiese an Kay vorbei; vom Gestade her dufteten die Tangpolster süß und trocken, das gemähte Heu auf den Wiesenvierecken duftete, der salzige Geruch des Meeres schwamm vorbei in der Luft. Der Gesang tönte weiter. Er gab Antwort auf alle ungelösten Fragen, Grübelei und Qual. Wenn Kay jetzt seine Arme ausgebreitet hätte, er hätte die Luft umarmen können, wie einen warmen, lebenden Körper. Seine Handflächen spürten die Wärme des Tages wie einen Menschenleib. Er wußte es: Moinas Gesang entsprang, wie seine eigenen Gedanken, dem Schmerz. Beide hatten denselben Sinn und Ursprung. In den lichtesten Augenblicken und in den vom Gram verfinsterten waren sie ineinander verflochten zutiefst.

Jetzt kam Moina von ferne über die Wiese heran. Die kleine Hüttenzeile lag geruhsam durchsonnt da. Die helle zierliche Gestalt hatte die Hand erhoben, winkend kam sie näher.

»Was sangst du?« fragte Kay. »Ich hörte keine Worte, die Melodie war mir nicht bekannt . . . Woran dachtest du, während du sangst?«

Moina lachte, dieses kleine jubelnde Lachen, das wie in einem Schluchzen endete. »Es waren heute fremde Fußspuren auf dem Sand,« sagte sie, »sie kamen aus dem Meer, waren eine kurze Strecke lang auf dem Sand zu sehen und dann wieder im Wasser verschwunden. Ganz zarte Spuren, wie von einem kleinen Kind.«

Ihre Lider schlugen, sie sagte: »Plötzlich mußte ich an das Reh denken, das sich vorigen Sommer aus dem Hochwald auf den Spielplatz verlaufen hatte und nicht wieder herauskonnte und sich den Kopf an dem Gitter blutig schlug, unaufhörlich, an dem scharfen Drahtgitter. Die Spuren von dem Reh fielen mir ein, als ich die Abdrücke der Kinderfüßchen heute im Sand bemerkte.«

Kay sah einen Erinnerungsschatten über ihr durchsichtiges Gesicht hinweg ziehen. Aber bald wurden ihre Augen wieder hell.

»Ich habe dich singen gehört, Moina,« sagte Kay. »Hattest du die Arme emporgehoben beim Singen?«

»Ja,« sagte Moina und hob ihre Arme in die Höhe, so wie Kay sie in der Einbildung eben gesehen hatte. »Die Töne werden reiner. Die Brust wird froher, wenn man die Arme hebt. Alle Traurigkeit verschwindet. Jetzt bin ich ein Leuchter! Aus meinen emporgehaltenen Händen, aus jedem Finger kommen kleine Flammen, wenn ich die Lippen aufmache; meine Stimme entzündet sich an ihnen; es wird so warm im Innern. Das ist Leben! Alles Traurige brennt fort, auch das Unrecht, das man begangen hat, ohne es zu wissen. Wenn ich an einem Morgen hell singen kann, dann ist es gewiß gut gewesen, was wir am Tage vorher erlebt haben, und wir brauchen keine Angst zu haben davor, was wir heute erleben werden. Hier ist die Luft hell, es ist gut für das Singen!«

Kay sagte: »Endlich muß ich es dir sagen, wie sonderbar es mir mit deinem Gesang ergeht. Noch ehe ich den ersten Ton gehört habe, verwandeln sich schon meine Gedanken. Es ist ganz so, wie beim Aufwachen aus dem Schlaf – stufenweis wird aus dem Traum Wirklichkeit, durch ein Geräusch, das von außen kommt und das das Ohr erst im Wachsein richtig erkennen kann. Aber vielleicht verhält es sich mit deinem Gesang und dem Wachsein genau entgegengesetzt.«

Er schwieg still und dachte daran, wie er das Nahen Moinas empfinden konnte, wenn er allein und sie noch nicht zu sehen war: indem er erst eine Wolke, einen Stein, dann einen Grashalm, eine
Blume, dann einen zwischen Erdkrumen hockenden Vogel wahr-
nahm. Und vielleicht hatte sie auch wirklich in früheren Leben, an
die sie glaubte und sich zuweilen zu erinnern wähnte, all diese
Daseinsformen durchlaufen, sie alle nacheinander abgelegt und
hinter sich gelassen, um zu werden, was sie jetzt war. All dies fühlte
er, wenn sie aus der Ferne herankam. Dies war eine Art des Einver-
nehmens ihrer Leben. Es konnte vorkommen, daß ihn Traurigkeit
befiel über alles und nichts; darüber, daß sie sich im Leben so spät
begegnet waren, darüber, daß er sich nicht erinnern konnte, wo er
vordem verweilt hatte!

Aus den Hütten stieg Mittagsrauch. Die Kinder kamen aus der
Schule. In ihrer Mitte tauchte, nur um einen Kopf höher als das
größte, wie ein alter sitzengebliebener Schuljunge, Trimpf auf. Sie
neckten ihn, zupften ihn an seinen, über den Blusenkragen hängenden gelben Haaren, lärmten um ihn. Plötzlich wurde der Schwarm
still. Kay und Moina gingen vorüber.

Kay blieb stehen. »Welches hat denn die fremden Fußspuren in
unserem Sand hinterlassen?«

Moina sah auf die Kinder. »Das kann doch keins von den Kindern hier gewesen sein? Die Spuren waren ganz leicht, ganz zart, sie
kamen aus dem Wasser, liefen ins Wasser zurück, und es war ja
Ebbe.«

Kay mußte lachen. »Dann war es also ein Meerkind!« Moina
blickte auf den vorübergehenden Schwarm, aus dem sich ein paar
Köpfe nach ihr umdrehten. Sie erwiderte nichts.

Der Schwarm zerstob, die Hütten schluckten ihn. Trimpf allein
ging weiter.

Hinter den Scheiben waren schon die Familien um den Suppen-
topf versammelt. Mit dem Löffel im Munde drehten sich die Köpfe
dort drinnen nach den Fremden hinaus und folgten ihnen mit den
Augen. Moina blickte in jedes Fenster hinein, an dem sie vorbeika-
men.

In ihrer Hütte war es still. Sie bewohnten sie allein. Die Hütte umfaßte nur eine einzige Stube und die Küche. Auf dem Herd kochten sie sich ihr Mahl, saßen auf der Bank und aßen. Es war dunkel und kühl in der Küche. Als sie in die Stube eintraten, war die Sonne über den Wiesen weg, der Himmel voll Wolken, einzelne Tropfen schlugen gegen die Scheiben und rannen an dem Glas herunter.

Sie standen bei den Fenstern und blickten hinaus. Von fern her kamen die Regenschleier heran, verhüllten das rote Ziegelgemäuer, schoben sich dichter ineinander, schnitten immer größere Teile der Insel von den Blicken ab. Sie sahen dem Regen zu, wie er sich ihrer Hütte näherte. Ihre Blicke, durch die Fenster gesandt, waren einander dort draußen begegnet und kehrten nun mit dem Regennebel zurück in die Hütte.

Auf der kleinen Anhöhe vor dem Seemannsschuppen standen Leute. Ein rotschottisches Kleid von ein paar breitbeinigen, dunkelblauen Gestalten umgeben. Das Meer glänzte wie Blei, verlor dann diesen Glanz, und ein Windstoß fuhr durch das dreieckige Seezeichen auf der Stange beim Schuppen, daß sie sich bog. Die Fahne, die auf dem Dach des Schuppens gehißt war – es war eine Fahne in den Landesfarben, aber im mittleren Felde stand: »Konsumgenossenschaft«, – klatschte wild wie nasse Wäsche an einer Leine.

In seinen Holzpantoffeln schob sich Trimpf um die Ecke des Gemeindehauses herum nach dem Schuppen zu. »Schlechtes Wetter zieht auf,« sagte er, während er die Anhöhe hinaufstieg. »Spür's hier in meiner rechten Schulter kommen.«

»Wird deiner Bark keinen Schaden tun beim Heringsfangen!« höhnte Fischer Esben. Sie standen da, die jungen Leute, und berieten sich. Der Fangzug stand bevor: es gab Mondwechsel in diesen Tagen.

»Junge, wenn du nur was fängst!« sagte Trimpf giftig, von unten herauf. »Sieh dich vor, sonst hast du ein Loch in deinem Fischkasten und kannst fremde Fische schuppen im Winter!«

Mit seinen schweren, haarigen, vom Salzwasser gelbgebeizten Fäusten tauchte Fischer Esben an, versuchte Trimpf den Hügel hinunterzustoßen. Der aber stand auf seinen Beinen wie ein Felsblock und wehrte die Fäuste ab wie einen Nasenstüber. Die Tochter Wiesow schüttelte ihren roten Rock vor Lachen. »Kreuzdonner!« sagte Esben und steckte die Fäuste in die Tasche. »Hast grad was zu lachen, du!« Er sah die Tochter Wiesow an: »Den letzten Groschen kramt unsereiner aus dem Strumpf, um euch 'ne Kuh zu kaufen!«

»Dabei hat sie rote Milch gegeben, die Besa, letzte Woche!« brummte Trimpf vor sich hin, aber laut genug, daß alle es hörten.

»Wer hat das gesagt?« fuhr die Tochter Wiesow auf. »Lügst aus deinem Hals heraus!«

»Rote Milch! Hast dich in den Unterrock da verguckt!« sagte Fischer Stor und schlug mit der flachen Hand auf den Rücken der Tochter Wiesow.

»Oder in die Schnapsulle bei Peter Ivers. Trinkst doch keine andre Milch!« sagte die Tochter Wiesow.

Trimpf holte ein Priem aus der Hosentasche und warf es in den Mund. Er verstand sich auf die Kunst des Schweigens, das Leute unruhig machte, so daß sie wütend wurden und er seine Freude an ihrer Wut hatte. »Willst du nach den Nelken schauen?« fragte Fischer Stor seinen Partner Esben. »Ich geh derweil und bring mein Heu heim.«

»Besser, du schiebst dein Boot über die Insel weg nach dem Sund hinüber!« sagte Trimpf plötzlich. »Zeichen geschehen auf dem Strand.«

»Zeichen und Wunder! Taugenichts, versäuft den Tag, statt an die Arbeit zu gehn,« sagte Fischer Krus.

Trimpf spuckte Tabaksaft. »Die Fremden haben was gesehn am Strand. Im Vorübergehn haben sie gesprochen davon. Dort!« Und er zeigte in die Richtung der Schule.

Die Leute auf dem Hügel blickten das Meer an. Eine Regenbö schob sich aus südlicher Richtung an die Insel heran. Das Meer war zu hören, es schlug an den Damm, weit draußen spülte es schon über die Wiesen, wie über das Deck eines Schiffes.

»Grad vor dich werden sich die Fremden hinstellen und ihre Geheimnisse ausplaudern.«

»Was haben denn die auf dem Strand zu suchen?« sagte die Tochter Wiesow. Ihr Gesicht sah mit einemmal boshaft und um zehn Jahre älter aus. »So spät im Jahr; was sind denn das für welche? Schauspieler?«

»Ach was, die leben hier, um zu sparen. Haben keine Bedienung. Mit einem Koffer sind sie angekommen,« sagte Fischer Krus. Sein kleiner Bruder hatte die Habseligkeiten der beiden Fremden auf seinem Schiebkarren vom Dampfer zur Hütte befördert.

Trimpf schüttelte die spinnenlange Hand über seiner Schulter, als klingle er mit einem Glöckchen. »Das Öhlsekind ist auf dem Sand gewesen heute früh.«

Die Fischer lachten. Die sich schon auf den Weg den Hügel hinab begeben hatten, blieben stehen und sahen sich um. Das Öhlsekind!

»Du Kreuzdonner, Gespenster am hellichten Tag!« rief Fischer Esben hinauf. Die Tochter Wiesow aber meinte: »Zuzutrauen wäre es den Fremden schon, daß sie den Sand verhexten. Was treiben sie im Dorf so spät noch im Jahr? Und was hat das Frauenzimmer zu singen, daß man es überall hört auf der Insel?«

»Es gibt keine Gespenster,« sagte Fischer Stor und sprach das Wort aus wie Pastor Weddig von Kirchort. Dabei war es bekannt, daß er beim Teeren für den Fischzug unten in den Kielboden seines Bootes einen alten Silbergroschen aus dem Glücksjahr 64, der den Winter und halben Sommer in der Herdasche gelegen hatte, in den Teer zu schmieren pflegte.

»Grad schlug das Wetter um, da hörte ich sie vom Öhlsekind sprechen. Auf ihrem Sand, da hätten sie es gesichtet!«

In einem Trichter zwischen Himmel und Meer war der Regen auf die Insel zu gekommen und sog schon jenseits der Buchten an dem Heidenkraut. Ein Windstoß hatte in die Fahne über dem Schuppen gegriffen und sie eine Handbreit von der Stange losgerissen. Das Wetter kam rasch. Wem das Öhlsekind in das Fenster guckte, der konnte sich schlimmerer Dinge versehen, als eines verdorbenen Fischzuges. Seit dem Unglück vor dreißig Jahren, bei dem es in dem letzten Haus der Zeile umgekommen war, war es drei-, viermal erschienen, und immer war einer oder eine aus dem Dorf mit ihm zurück in die Tiefe gegangen.

»Kommst du zum Boot?« fragte Fischer Stor Krus, der seinen Kragen in die Höhe geschlagen hatte. Unten in der Zeile liefen Frauen und Kinder ab und zu, rissen Leinenzeug, Hosen und Jacken und Ölzeug von den Zäunen und schleppten sie in die Hütten.

Die Tochter Wiesow, die einen weiten Weg nach Hause hatte und der es um ihr Rotschottisches bangte, trat in den Schuppen, blieb rot im Dunkel vor der offenen Tür stehen. Trimpf schlurfte heran, da schlug sie die Tür zu, verriegelte sie und sah lachend durchs Fenster zum Fliehenden hinaus. Der Regen schoß harte Drahtpfeile auf die Insel herunter.

Regenmauern verbauten die Hütte vor den Fenstern. Dunkle Nächte sanken ohne Regung schwer auf die Stube hernieder. Da geschah es, daß die Fremden hinausschwärmten in die Welt, die belebte und die auf Belebung wartete vor der Hütte. Die Mauern zerrannen, und die Dunkelheit zerschliß in unzählige Fäden wie ein Vorhang. Dahinter wurde das Unbewegte in dem Maße lebendig, wie die Schläfer ringsum tiefer erstarrten und ihr Atem erlosch. Aus dem Meeresrauschen war ein Orgelton und vom Sternenlicht ein Strahl übrig, und dem zogen sie nach, ohne zu träumen. Die Wanderung begann über die Schranken des vorgezeichneten Daseins der Welt und ihrer Geschöpfe weg in die Erinnerungen, Wünsche und Hoffnungen, hinüber in alles Unwirkliche, das noch irdisch geblieben war. Der Wahn, der die Schritte vom Wiesengrund lostrennte, über den sie ihr Weg führte, verwandelte Landschaft, Horizont, Tages-, Jahreszeiten. Als sie in dieser Nacht das Haus des Lotsen erreicht hatten, sprang die Tür vor ihnen auf zum Zeichen, daß sie erwartet worden waren.

Ein langer, mansardenförmig überdeckter Speicherraum zeigte sich. Kerzen brannten, und eine Wolke von Zigarettenrauch wallte unter den geweißten Dachbalken. Durch die Scheiben blickte Kassiopeia und der nördliche Stern im Andromedabild. Das funkelnde Band der Milchstraße zog quer über den blassen Himmel, auf dem irgendwo die Mondsichel stehen mußte, ganz dünn und zierlich hin gezeichnet. Vor dem Haus rumorte das nächtliche Brausen der großen Stadt, wie ferne, verworrene Musik. Auch von dort unten strömte, wie von einer Milchstraße, das Gefunkel ungezählter Lichtquellen herauf. Eine breite Avenue erstreckte sich unter dem viele Stockwerke hohen Haus, dorther kam der Schein und scholl das Geräusch wie aus phosphoreszierenden Wellen. Auch diese Avenue führte, wie alle die anderen breiten und schönen Straßen der Stadt, zu einem Stern, in den in der Ferne viele Straßen mündeten.

Es waren schon Menschen beisammen; keiner schien das Kommen von Kay und Moina bemerkt zu haben. Sie saßen um das Kaminfeuer, und einer stand im Kerzenlicht da, um die Worte zu sehen, die er von einem Blatt den Freunden im Raum vorlas.

Es war ein schlanker, junger Mann, rotblondes Kraushaar über einem Erzengelgesicht, darin sich die Schönheit der tönenden Gedanken widerspiegelte. Feste Brauen, wie wachsame Adlerflügel geschlungen, behüteten die Augen, damit sie nichts sehen mögen als die Wahrheit. Eine Falte des Verstandes teilte die träumerische Stirne; darin stand Urteilswille über das Staunen gesetzt; Kindergesicht von Weisheit gezeichnet.

Er las, nicht wie einer, der sich anderen mitteilt, sondern der seinen im tiefen Selbst gefaßten Entschluß laut wiederholt in der Einsamkeit.

>>Erspare mir, Leben, ein Alltagsschicksal!
In mir gärt Göttliches!
Das Unerreichbare stößt von ferne her
An mein Herz, das zerbricht
Vor Sehnsucht.

Eines ist grausiger nur auszudenken
Als alles andre mir.
Werd' ich die Zeit,
Die der Lieben entwendete Zeit
Mit würdigem Werke auszufüllen verstehn?<<

Es wurde still im Raum. In einer Ecke rauschte vom Dach zum Boden ein Tuch nieder, und eine große Leinwand wurde sichtbar im Kerzenschein. Lebensgroße Figuren wühlten sich durcheinander auf der Fläche. Sie füllten das ganze Bild aus, bis auf einen hellen, ausgesparten Fleck in der Mitte der Leinwand; dieser hatte den Umriß einer hohen, aufrecht hingestellten weiblichen Figur, die von dem unteren bis zum oberen Rande der Leinwand ragte. Der Dichter senkte die Hand mit dem Blatte. Vom Bilde her kam eine Stimme: >>Ich habe es versucht, diese Worte zu wiederholen.<<

Der Sprechende trat hervor. Er stand neben seiner Leinwand und war wie ein zarter, lang aufgeschossener Knabe anzusehen. Seine Stimme klang weich, verschleiert und gebrochen, es fiel ihr schwer, Worte zu artikulieren, es war die Stimme eines Menschen, der viel allein ist, in der Einsamkeit jauchzt und stöhnt, sie hatte zuweilen unsichere Schwebungen, wie in der Zeit des Wechsels. Der Knabe stand vornübergebeugt in einem langen fadenscheinigen, bis an den Hals zugeknöpften Paletot von verwaschener Farbe, seine Gestalt rührte, etwas Hilfloses betrübte jeden, der sie sah.

Unter den Figuren des Bildes waren viele als Porträts der Anwesenden zu erkennen. Der Dichter, der Maler selbst, dann noch ein kleine gewachsener, wie ein russischer Jude aussehender Mann, der durch große Brillengläser blinzelnd und unruhig um sich blickte. Rechts und links über dem Kamin hingen Skizzen an der Wand, die Flamme eines brennenden Scheites irrlichterte über sie weg, über die ganze Versammlung.

Aus verstreuten glühenden Punkten im Raum strömte heißer parfümierter Rauch: »Was ist das Göttliche, Leonhard,« sprach eine Stimme, und ein glühender Punkt sank im Halbkreis nieder, »Du sagst Liebe und fürchtest es im gleichen Atem zu verlieren! Ist es Brüderlichkeit, oder Leidenschaft, oder die Bewußtlosigkeit, die sich über dich gesenkt hat, wenn du deine Gedanken ins Wachsein hinüber retten mußt?«

Da der Dichter nicht sprach, gab der Maler, der Oliver genannt wurde, Antwort: »Was ist es denn? Ich fühle in mir einen Ton angeschlagen und mitschwingen, ich muß in einer anderen Sprache wiederholen, was Leonhard in Worten ausgesagt hat. Es wird schon das brüderliche Verstehen in uns beiden sein, was er mit dem Göttlichen meint!«

Einer sprach, unter dem Fenster, der Sternenglanz beschien sein helles Haar: »Wie soll sich der Traum entwirren und Kunst geboren werden in uns? In fremdesten, wildesten und totesten Herzen muß die Schwingung erwachen, die in dir gezittert hat – kann sie es nicht, so war's nicht Kunst, was sich in dir geregt hat. Gesamtherz – Ziel und Prüfstein und Weg!« Er trat hervor in den Kreis des Kerzenscheins und hob seinen schmallippigen Kopf. Seine Augen waren schattige Höhlen tief unter der hohen, gewölbten Stirn.

Zwei Stimmen erhoben sich. Eine kam aus einer dunklen Ecke des Raumes, die andere begleitete die Gebärde eines Armes, der nach den Scheiben wies. Die erste sprach: »Hier in dieser Mappe, seht die Blätter, gebt sie von Hand zu Hand weiter: den »Triumph des Todes« aus dem Campo Santo in Pisa, die »Auswanderer« von Brown dem Präraffeliten, den »Orpheus« von Feuerbach – das alles ist Wahrheit und Natur, aber wo geht hier ein Weg in die Herzen des Volkes?«

Die andre Stimme sprach: »Blicket durch die Scheiben auf die Straße hinunter. Eine Mutter hat ihr Kind auf dem Arm und steht vor einem Brotladen. Ein Liebespaar trennt sich an einer Straßenecke, das Mädchen ist schwanger, der Mann hat Abschied genommen auf Nimmerwiedersehen. Ein Kreis von Leuten hat sich um einen singenden Bettler geschart, eine seidengefütterte Karosse fährt vorüber. Versucht, diese Szenen darzustellen, wie sie sich unter euren Blicken ereignen – und ihr werdet auch damit das Herz des Volkes nicht treffen können!«

»Wozu dann Kunst? Wozu dann Leben?« Schweigen. »Wozu dann leben?«

Eine Stimme sprach: »Meister . . .«

Alle Blicke wendeten sich einem Greisenpaar zu, das, mitten unter diesen jungen Menschen, eng beisammen saß und bisher schweigend den Reden der Jungen zugehört hatte. Der Meister war ein wunderschöner weißbärtiger Greis in weitem schwarzen Talar, ein Purpurkäppchen saß auf seinem Kopf, und er hatte die Blicke auf seine Hände niedergebeugt, die nebeneinander, feierlich wie Rastende oder Schläfer auf dem Schoße lagen. Über diese Hände beugte sich auch das Gesicht seinem alten Frau. Sie war zart und von kleinem Wuchs, wie ein junges Mädchen. Ihr Scheitel war gelichtet, aber die Augen dunkel und voll Leben. Wenn der Greis aufblickte, war, wer in seine Augen sah, überrascht von ihrem durchsichtigen, unirdisch hellen Grau. Hellsichtige Blicke wanderten zwischen diesen Augen und denen der Greisin hin und wieder; ein jung gebliebenes Lächeln begleitete sie, in zuckendem Strahl, tiefstes Einvernehmen zweier Seelen. Der Meister hatte eine solch seltsam ruhige Art zu sprechen, und es lagen seine Hände so unbewegt und weiß auf dem Schwarz des Seidentalars! Seine Worte aber waren voll Gärung. »Verbrennt! Gut, Ihr Kinder! Meine Kinder! Wenn ihr stöhnt vor Schmerz, so ist es Kunst und euer Leben wird rein. Was wäre es wert, empfändet ihr nicht mit jedem Atemzug den Schmerz? Laßt euer Herz euern Verstand auffressen und widerstrebt nicht! Der Gedanke lebt nicht, ehe er den letzten Rest von Handwerk aufgefressen hat, aber das Handwerk könnt ihr bis zum letzten Atemzug nicht erlernen. Leidet, denkt, fühlt, mißtraut euch, verwerft, betet an, immer endlos weiter. Ohne Ende lebt weiter!«

Gesichter drängten sich nach vorn, in den Lichtschein der Kerzen. »Erzähle, Meister, erzähle dein Leben!« rief's aus den Gesichtern. »Erzähle dein Leben!«

Ein dunkler Ton schwirrte durch den Raum, das äußere Brausen zog unterirdisch in den Raum herein, es klang wie der Atemzug eines schlafenden Urtiers aus den Fundamenten, dem Gewölbe unter dem Haus. Es war das tiefe, schwirrende Schweben des Orgelregisters; der junge Russe saß an dem Instrument, unter dem Tritt seiner Füße sanken die Bälge des Instruments, hoben sich, die Luft erzitterte. Mitten durchs Gebrause war die leise ruhige Stimme des Meisters zu hören: »So war mein Leben. Erst hat es aus der Hoffnung Freude gesogen, dann aus der Arbeit, der Arbeit allein, und später aus allem Kummer, Fehlschlägen, Schlägen mancher Art!«

Jetzt sprach die alte Frau. Sie sah in die Runde, sah allen diesen Jungen in die Augen. Ihre Blicke leuchteten vor Liebe: »Immer, immer über sich hinaus, immer weit über sich hinaus.«

»Und doch ist einem nur so geringer Raum gestattet!« sprach jemand im Dunkel. »So mäßige Bewegung nur von der Natur!«

»Meister,« sprach Leonhard; »was tatest du, als du inne geworden warst, daß der Künstler lebenslang nichts anderes zu tun vermag, als hundertmal und tausendmal immer wieder nur sich selbst wiederholen und hinausschreien, im Alter immer noch dasselbe, was in der Jugend!«

Der Meister lächelte, und seine Hand hob sich vom Schoß empor, streichelte liebkosend über den Scheitel der alten Gattin. Er sagte: »Diese Angst ist mir nicht unbekannt geblieben! Sie ist verschwunden. Denn die Liebe bleibt sich immer gleich, uralt, und nur das Leben des einzelnen verwandelt sich über ihrem Grund wie der Himmel in den Jahreszeiten. Jedes neue Beginnen, und wenn ich etwas Neues gewollt und unternommen habe, und die Seelen der Freunde . . .« er wurde leise und die Silben flossen langsam »die Freundesseelen verwandelten sich, daran merkte ich, durch wie viele Leben der Künstler durch muß, wenn er sich selber neu schafft, jede Stunde des Lebens ... Aber die Liebe bleibt sich gleich ...« Sein Schweigen ging über in den ersten mächtig schwellenden Akkord der Orgel. Der Raum zitterte und schwand vor den Blicken, die sich nach innen kehrten.

Ein junges Mädchen stand auf von einem niederen Schemel und erhob sich vor dem Greisenpaare. Durch einen Zufall stand sie so da vor der Versammlung, daß ihre Gestalt den Umriß der ausgesparten weißen Fläche auf der Leinwand Olivers ausfüllte. Alle erkannten nun, daß Oliver nur sie gemeint haben konnte, mit jener angedeuteten Figur, um die sich die ausgeführten Kämpfergruppen des Bildes leibhaftig drängten und scharten. Sie war wie eine Fabrikarbeiterin gekleidet, wie eines jener Mädchen, die um das Morgengrauen, ehe der Pfiff der Dampfpfeife ertönt, über die dunklen kalten Straßen eilen. Sie hatte eine kindlich gewölbte Stirn und einen wundervoll reinen Haaransatz; ihre Augen blickten voll Freude, wie nie ein hoffnungslos fronender Mensch freie, aus ihrer Sehnsucht heraus schaffende Menschen anblicken kann. Und es klang fast wie ein Lied, was sie sagte. Die Orgeltöne legten sich verzückt vor die Füße der Worte des schönen jungen Geschöpfes hin. »Freiheit.«

Ein zärtlicher Ausruf aller antwortete der jungen Arbeiterin, die die Freunde Laura nannten. »Es ist jetzt bald die Zeit da, und wir haben gewonnen! Schon kommen die Letzten zu uns, die am tiefsten erniedrigt worden sind, und sagen: wir wollen sie lieben, die uns mißbrauchen. Wir müssen unseren Körper verkaufen, aber die Liebe tilgt die Schmach unserer Erniedriger! Und die Mägde, die in den reichen Häusern dienen, kommen auch herbei und sagen: wir streicheln die winzigen, unnützen und zerbrechlichen Ziersachen, die wir täglich mit unseren ungelenken Händen säubern und abstauben müssen, denn sie gehören ja den Menschen, in deren Häuser wir aufgenommen sind! Und die Armen, die ihre eigenen Kinder fremden Weibern zur Pflege überlassen müssen, kommen und sagen uns: wir blicken mit Liebe auf unsere vollen Brüste nieder, mit denen wir die Säuglinge vornehmer Damen nähren. Sie sagen es so und sagen nicht, daß die Damen gedankenlos auf ihre vollen Brüste niedersehen. Und wir selber in den Werkstätten, in den Stuben, wo Heimarbeit geleistet wird – mit jedem kleinen Metallstreifen, der unter unseren Maschinen hervorkommt, geht ein wenig

Liebe hinaus unter die Menschen, denen wir Geräte schaffen für ihren Gebrauch, und Segen ihres Lebenstages. Wir alle lernen in jedem Augenblicke die Aufgabe und den Zweck, zu dem wir in der Menschenwelt sind!«

»Du heißes Herz! Du goldene Quelle!« flüsterte Leonhard.

»Teuere Kameradin!« rief jemand leise in den Raum.

Wie eine Mutter ihr Kind, blickte die Greisin das junge Mädchen an; ein zärtlicher Laut, ein Taubengurren kam aus ihrem lächelnden Mund. Das Mädchen aber hatte seinen Kopf nach dem Orgelspieler hingewandt und hatte die Hand gehoben: horch!

Der junge schwarzbärtige Russe spielte. Sein kurzsichtiges Gesicht lag fast auf den Tasten des Instrumentes. Die Register leuchteten. Eine Weise strömte aus der Orgel, wie sie das Volk erfindet, wenn es in Worten nicht sagen darf, was ihm geschieht. Alle Seufzer und alle niedergehaltenen Hoffnungen bebten und schwangen mit den Tönen, in die sie geflohen waren.

»Aufruhr!« Der junge Hellhäuptige, der mit den schmalen Lippen und beschatteten Augen, hatte das Wort gesprochen. Alle horchten, atemlos, auf die Sprache der Orgel. Auf der Leinwand, die lebte, kämpfte das erblassende Sternenlicht mit dem Schein der Kerzen, die niedergebrannt waren und erloschen. In den Orgelschwingungen wallte wolkengleich leichter, blauer Rauch.

»Ich kenne eine Kirche,« sagte Oliver mit seiner heiseren, unsicheren Stimme, »sie steht unbenutzt seit langer Zeit. Dort, wo der Altar zu sein pflegte, werde ich mein Bild ganz fertig ausführen. Wladimir wird die Orgel spielen für die Menschen, die kommen werden, im Winter, um Obdach gegen den Frost zu haben, im Sommer, um Kühlung zu finden. Sie sollen gern hinkommen, Schönes sehen, Schönes hören, lernen, beisammen zu sein. Worte sollen sie auch vernehmen, voll von Reim und Gedanken, aus tönenden Herzen . . .,« er schwieg und sah zu Laura hin, die zu Füßen der alten Frau niedergekauert war, . . . »ich aber werde nicht mehr bei euch sein, wenn das Bild fertig dastehen wird . . .,« seine Stimme kam traurig, wie aus weiter Ferne her, und niemand antwortete. Denn die Freunde wußten es ja, seine Visionen stammten aus dem unheilbaren Brand, an dem sein schwächlicher Körper zugrunde zu gehen vorbestimmt war, in kurzer Frist. Er sprach nicht weiter; aber der Dichter war es, der aus seinem Seherblick den Kern, den Nebelfleck in den Raum schweben sah, das leuchtende, wärmehaltige, rotierende Gebilde, das die Gemeinschaft durchstrahlen, erhitzen, mitreißen sollte, ein Einziges schaffen sollte aus Millionen, Milliarden kleiner, verstreuter frierender Einzelsonnen, in einem gleichen Schöpfungsprozeß wie dem, aus dem der Erdball erstanden ist. Das unausrottbar, unzerstörbar Edle erstand wie eine lebende Kugel, erschien in der Höhe des Raumes; die Anwesenden blickten in die Höhe, Freund saß beim Freund, erhoberer Gedanke gewann Leben über der Gemeinschaft. Der Dichter sprach, die junge, ernste Stimme: »Wir alle werden untergehen für die bessere Menschenwelt!«

Über das Haus weg zog der Himmel in ungeheurem Bogen die Sternenschar in ferne Tiefen mit. Andere und immer wieder andere Sterne schienen durch die Mansardenscheiben herein. Mit dem letzten Stern erlosch der letzte Kerzendocht. Die Gesichter im Raum verflackerten, lösten sich auf.

Eine Stimme sagte: »Moina!«

In den folgenden Tagen und Nächten fegte der Wind Regenströme nieder. Die Hütten lagen da, wie durch Meilen voneinander getrennt. Kaum einen Schritt weit drang der Blick ins Freie. Wen kein dringendes Geschäft aus der Stube jagte, der blieb daheim, in tiefe Abgeschiedenheit versponnen. An solchen Tagen waren Kay und Moina draußen auf der Wanderschaft. Sie begegneten einander und trennten sich in entfernten Bezirken, als wären Meer und Himmel um sie und nicht ihre vier Wände. Auf diesen Wanderschaften verirrte sich Kay in den Bereich der seit dem Sommer verschlossenen Villa des Kaufmannes aus Aachen. Sie lag still da mit ihrem wind- und regenverwehten Vorgärtchen, in dem an sonnigen Tagen eine Glaskugel Himmel und Sand und das verkümmerte Georginengebüsch spiegelte. Sie schien jetzt bewohnt zu sein, denn die Scheiben waren nicht mehr von Rolläden verdeckt, sondern es strömte durch sie ein helles Licht hinaus auf Terrassen und Bäume und bis in die entferntesten Alleen des weiten Parks, aus denen vereinzelte Spaziergänger langsam und im Gespräch vor der Abendkühle dem Haus zustrebten Sie traten aus den herrlichen uralten Buchen und

Platanen auf den kurzgeschorenen Rasen hervor und blieben vor der breiten Freitreppe zur Terrasse stehen. Oben wartete schon die Herrin des Schlosses auf sie. Sie stand im Rahmen der geöffneten Tür zum Musikzimmer. Sie hatte einen spanischen Seidenschal, silberne Rosen im Purpurgewebe, um ihre Schultern gelegt, er kleidete ihre hohe schlanke Gestalt, die blasse, von Puder und Schminke etwas mitgenommene Feinheit zarten Alabasters. Da sie einige ihrer Gäste noch weit weg, im Park, nach dem Wiesenweg zu hinuntergehen sah, hob sie ihren schönen ausdrucksvollen Kopf, schloß die Augen im Vorgenuß ihrer Stimme und sang die Takte, die den langen, modulierten Triller aus »Idomeneo« einleiten. Es war ihr weltberühmter Triller, der vor einem Jahrzehnt noch Europa und Amerika in Entzücken versetzt hatte und der nun vor der Welt verstummt war – nur im Hause der Künstlerin, den seltenen erlesenen Freunden noch verkündete, daß die Diva lebe und in der Vollkraft ihrer Kunst zu altern verstehe!

Zwischen den Bäumen erscholl Händeklatschen. Zwei Herren im Frack stiegen die Treppe hinauf. Der eine ergriff die schönen, schneeweißen Hände der Sängerin, die den Schal um die Brust zusammenhielten, und führte sie an die Lippen. Der Triller brach in einem glückseligen Lachen ab, das entzückend, wie reinste Musik, über die Terrasse und weit in den Park hinein rollte.

»Ewig schade!« sagte der jüngere der beiden. Aber der ältere, ein eleganter Herr mit französisch gestutztem, ergrautem Spitzbart, bemerkte: »Genießen wir denn den Gesang unserer Freundin hier nicht ungleich tiefer und intensiver, als wenn wir wären gezwungen, ihn mit tausend Menschen in einem Opernhaus anzuhören? Mein Genuß und der Ihre vervielfältigt sich doch derart, daß unsere Freundin selbst ihren vollen Triumph erleben muß!«

»Ein alter Epikureer!« sagte der jüngere. »Er wird nie um eine Erklärung verlegen sein, wenn er sich einen Genuß sichern kann, dessen er die anderen beraubt!«

Die Sängerin war schon an den Flügel getreten und hatte einen Akkord angeschlagen. Ohne die Eintretenden zu bemerken, sang sie die ganze Arie von Anfang an, brach ab, wiederholte eine kurze Passage, warf dann den Schal auf den Flügel und begann die Arie, strahlend, ihrer selbst sicher, mit voller Stimme vom ersten Ton an zu siegen.

Jetzt waren alle Gäste in dem Zimmer versammelt; sie standen unter den venezianischen Leuchterarmen, die an den elfenbeinfarbigen Wänden befestigt waren, oder saßen in den schweren Damastlehnstühlen im Raum, in dem das künstliche Licht mit der hereinströmenden Vollmondnacht kämpfte. In ihrem hellen Kleid aus alten Spitzen stand die Sängerin da und sah keinen. Ihre edle, hochgewachsene Gestalt verriet noch nichts vom Altern. In ihrem nur von ganz leichtem Grau überhauchten schwarzen Haar trug sie zwei goldene Lorbeerzweige, deren Spitzen sich in der Mitte des Scheitels berührten.

Ein Diener schloß die Terrassentüren. Die Tür zum Speisesaal stand offen, man sah drin den Tisch mit massiver Ebenholzplatte, in der sich eine tiefe Silberschale, mit Früchten hoch beladen, spiegelte. Eine Arras-Tapete bedeckte die ganze Wand des Saales, ein Jagdzug hinter Falken war auf ihr dargestellt. Der Jünglingskopf eines Ritters auf schwarzem Pferd starrte von der Höhe des Gobelins ins Musikzimmer hinüber, als ließe er Jagd Jagd sein, als lausche er den Tönen. Ihn blickte die Sängerin mit ihrem strahlenden Blick an, während sie sang, ihn allein.

Ein Herr, der einzige, der statt des Gesellschaftsanzuges einen einfachen schwarzen, etwas saloppen Rock trug, hatte sich an den Flügel gesetzt und begleitete aus dem Gedächtnis die Arie. Die Sängerin lächelte, sah kaum hin, es war ja der berühmte Musiker, der sie begleitete – an der Art, wie er spielte, erriet sie seinen Beifall – aber ihr Lächeln galt doch nur dem Jünglingskopf auf der Tapete, zu ihm hinauf flog Lächeln und Gesang.

Der Spitzbart beugte sich zu seinem Nachbarn: »Sehen Sie doch, beständig singt sie zur Galerie hinauf! Wir werden sie verlieren.«

Die Sängerin schloß mit einem empor wirbelnden Crescendo, griff dann nach ihrem Schal und sagte mitten in den Applaus und die Unruhe der Freunde hinein: »Ach, vergangene Zeiten!« Leise und noch immer mit dem verliebten Ausdruck, den ihr Gesicht annahm, wenn sie sang, legte sie die Fingerspitzen auf die Schulter des Komponisten, der sein Spiel mit einer kühnen Kadenz beendete.

Er sprang wie ein Jüngling auf, schob den Arm der Sängerin unter den seinen und zog mit großen Schritten in den Saal.

Sie hatten die Sessel vom Tische zurück geschoben. Die Kerzenflammen der alten Leuchter steckten in buntem Nebel, Champagnerkelche standen herum, Sevres-Blau spiegelte sich im Ebenholz. Einer sprach, es war der Begleiter des alten Epikureers, ein Mann von vierzig Jahren; man kannte ihn weit über die Grenzen des Landes hinaus, es war der Fabrikant Ringold. »Soll ich von meinem Leben sprechen? Meine Ziele sind erreicht, meine Aufgabe gelöst, so restlos und beglückend aufgegangen wie ein Exempel der Arithmetik. Was bliebe da noch zu tun übrig?«

»Ach! Die Künste genießen, die edle Geselligkeit, Wohltun, Sammeln, Reisen, die Natur!« rief einer vom Ende des Tisches, es war der Chirurg Willrat.

Ringold lächelte: »Ich bin noch jung, ich hatte zu viel Glück. Ich bin zu rasch vorwärts gekommen. Ich muß nun erst anfangen, das weiß ich sicher. Ich muß sühnen.«

»Ringold will den Büßer machen! Die Menschenliebe gebietet ihm, Eremit zu werden.« höhnte der Spitzbart.

»Ich will sühnen für die Machte sagte Ringold und sah auf seine Hände nieder. »Ich habe sie zu mir kommen sehen, halb auf mein Geheiß, halb von selbst, sie ist unter meinen Händen gewachsen, schon als ich nicht mehr wollte, am Ende graute mir vor ihr, jetzt will ich sie ganz vernichten, das wird mein nächstes Ziel sein.«

»Ich verstehe Sie nicht,« sagte die Sängerin. »Die Macht vernichten? Wollen Sie dem Leben entsagen, Ihre Habe verteilen?« Sie wandte sich zu ihrem Nachbarn, dem Komponisten. »Es ist ja so, als schämten Sie sich Ihres Ruhmes!«

»Ich verstehe Ringold vollkommen,« sagte der Komponist. »Der Künstler bricht in ihm durch. Es gelüstet ihn nach Taten über dem Alltag.«

»Das waren Ringolds Taten bisher auch!« sagte ein klein gewachsener, wie ein Musiker aussehender Mann, der aber ein Chemiker von Weltruf war, Forscher und Erfinder. »Sie müssen die Landwirte fragen, was sie von seinen Ackerbaumaschinen halten.«

Ringold sah rasch zu dem kleinen Mann mit den weichen Zügen, der nur selten aus seiner Schweigsamkeit erwachte, hinüber. »Sie müssen mir bei meinen künftigen Unternehmungen behilflich sein, Menlo! Sie allein sind von uns allen mit irdischen Einfällen von solch vollkommener Art begnadet, wie unser Meister mit Einfällen seiner göttlichen Themen. Da Sie meine Fabrik mit organisiert haben, wissen Sie, daß dort die Arbeit von selber vorwärts geht. Ich habe die Erfindungsgabe meiner Arbeiter zugleich mit ihrer Lust an ihrer Arbeit gefördert, jeder von ihnen ist jetzt an der technischen Leitung und an dem Ertrag in vollem Maß beteiligt.«

»Was wollen Sie denn noch!« rief der Spitzbart. »Dann sind Sie ja Ihre Macht zum größten Teil los! Graut Ihnen etwa jetzt vor der Macht Ihrer Mitarbeiter? Das würde ich schon eher verstehen.«

»Ich weiß mich von der Sünde des Übermutes frei,« sagte Ringold, »die der Erfolg gebiert. Auch sind wir ein altes Geschlecht von Fabrikanten und reich gewesen durch viele Generationen. Anders verhält es sich mit meinen Mitarbeitern. Die stammen aus anderen Vorbedingungen der Lebensführung, Geburt, Erziehung, sind anderen inneren und äußeren Einflüssen ausgesetzt. Über manche kam der Wohlstand in wenigen Jahren, und diese müssen vor ihren eigenen Gelüsten und Ambitionen geschützt werden. Indem ich jeden vor sich selber beschütze, bewahre ich ja auch die Fabrik vor Rückschritt und Ruin.«

Ringold stand auf und nahm aus der Silberschale einen herrlichen, reifen Pfirsich. Er legte ihn auf den Tisch vor sich hin und betrachtete die Frucht aufmerksam, während er weiter sprach.

»Die erste Folge der Vervollkommnungen in unserem Betriebe war ein ungeheurer Aufschwung der Produktion. Wir konnten der Nachfrage kaum mehr genügen. Neue Anlagen mußten gebaut werden. Ich baute sie gleich für eine ungleich höhere Zahl von Maschinen und Arbeitern, als der Betrieb unbedingt erfordert hätte. Ich tat es, um die Arbeitsstunden herabsetzen zu können. Die Herabsetzung der Arbeitsstunden und die Vervielfachung der Arbeitskräfte hat unserer Konkurrenzfähigkeit mit den anderen Fabriken nichts geschadet. Im Gegenteil. Die Erntearbeiter auf den großen

Ländereien wollten ja auf einmal nur noch mit unseren Maschinen arbeiten! Die äußerste Mechanisierung der Handgriffe mußte nun notwendig durchgeführt werden in dem riesenhaft angewachsen Betrieb. Zugleich mit der Durchführung der Mechanisierung aber suchte ich ihre Folgen durch hygienische Vorkehrungen, Sport und soziale Veranstaltungen der üblichen Art zu vermindern, nach Tunlichkeit zu beheben. Der Sport hatte den größten Erfolg! Aber ich sah in diesem Faktum nichts weiter als eine Reaktion der mißbrauchten, einseitig geleiteten Muskeltätigkeit. Und eine schwerere Sorge blieb übrig.«

»Es freut mich,« sagte der Chirurg, »daß Sie den Sport richtig einschätzen, seine Gefahren erkennen und seinen Wirkungen vorzubeugen suchen. Jawohl, Sie haben recht – eine schwerere Sorge bleibt übrig!«

»Nun werden wir ja hören, was Sie zu unternehmen gedenken!« sagte ein wie ein Amerikaner aussehender, breitschultriger Mann, der bisher geschwiegen hatte. Alle, die ihn kannten, wußten ja von seiner Skepsis gegenüber dem sozialen Fortschritt, den er als eingeschworener Geschichtstheoretiker verneinte. »Was Sie in Ihrer Fabrik durchsetzen wollen, ist Kommunismus auf eigene Faust. Und nun gar noch einen Schritt darüber hinaus!«

Der Spitzbart schob seinen Kopf vor und sagte: »Geben Sie Ihren Arbeitern eine neue Religion, Ringold. Sie wird sie im Zaum halten, da Sie sie vom Zwang der Arbeit befreit haben!«

Ringold schwieg. Er hörte wahrscheinlich nicht, was die andern sprachen. Seine Blicke waren wie von einer hypnotisierenden Gewalt auf der schönen, saftstrotzenden Frucht gesammelt. In Wahrheit war das, was sich in ihm jetzt zu Worten formen wollte, eine schwer aussprechbare Empfindung des Begnadetseins, des Glückes, eines unverdienten Schicksals aus Erstreben und Gewährung, das er nun reif sah, gekrönt zu werden; der Augenblick, in dem er seinen Plan preisgab, erfüllte ihn mit Andacht. Er entsann sich eines ähnlichen Augenblickes; die Erinnerung stieg auf in ihm, und er sah!

Er sah jetzt: die weite sonnedurchflutete Glashalle seiner Maschinenfabrik an einem Sommermorgen. Er war eben aus seinem dunklen Büro in die Halle eingetreten, und das Licht hatte ihn im Nu überwältigt. Aus Rädern und von den Transmissionsriemen scholl tausendstimmiger Gesang. Er mußte die Augen schließen, so stark sang sein Blut aus tausend Kehlen eine keimende Hymne in ihm. Er lebte in alldiesem, es war wahrhaft sein. Das Gefühl des Besitzes war umgeschlagen und hieß nicht mehr Macht, sondern war ein Gebilde aus Güte und Weltfreundschaft geworden!

Da hatte eine Hand die seine berührt, eine Stimme war an sein Ohr geschlagen. Die Hand war schweißig, die Stimme vom Überschreien des Maschinendröhnens heiser und rauh geworden. Als er die Augen öffnete, standen seine Arbeiter um ihn und blickten ihn aus erschrockenen Gesichtern an. Ihre Gesichter waren schweißüberströmt, kleine Schweißtropfen standen auf ihren Stirnen und um ihre Nasen. »Sie sind doch nicht ohnmächtig geworden, Herr Ringold?« sagte der Werkführer, der seine Hand berührt hatte. Auf einmal war der Aufschwung abgeschlagen, und ein Gefühl schmerzhaft und tief stieg auf aus Herzensgrund, so daß er hätte schreien, stöhnen, in einen Tränenstrom ausbrechen mögen. Er sah in Augen und Gesichter, sah die Haltung der Rümpfe, der Hälse, roch Schweiß, hörte das pumpende Fauchen der Lungen, das Gerassel der Bronchien... Die Sklaverei der Arbeit, Not, Häßlichkeit blickten ihn an, schmetterten ihn nieder, er erkannte das stumme, anklagende Leid, das Erbschicksal... und was eben noch Aufschwung gewesen war, erhob sich und stand fest gestützt in ihm und war Empörung geworden.

Die Sklaverei forträumen, auslöschen aus dem Leben der Menschen. Die Seelen zur Freiheit hinauf führen. Den Menschen Feste schenken, aus ihrem Leben ein Fest gestalten! Aus der Armseligkeit ihrer Erholungspausen ein dauerndes Gebilde der Freude schaffen, darin ein jeder seine Arbeit und seinen Alltag, seinen Sonntag und das ganze Um und Auf seiner täglichen Existenz wieder erkennen könne – aber verklärt in nimmer aufhörender Herrlichkeit!

»Ich danke, es ist mir schon besser!« hatte Ringold dem Werkführer gesagt, hatte seine Hand in der seinen gepreßt, war dann rasch aus der Halle gegangen und heimgefahren, um in der Stille einen Tag des aufs höchste gesteigerten Lebens durchzuleben. Derweil verbreitete sich in der Fabrik das Gerücht von seinem Ohnmachtsanfall. . . .

Jetzt saß er und sann über nüchterne Worte, die ihn nicht verraten sollten. Denn aus jenem Urgefühl hatte sich ja schon das Positive, der praktische Entwurf herausgelöst. Ringold sprach: »Worin besteht die Faszination des Krieges auf die Massen? Die Menschen sind, all ihr Leben lang, vom Morgen bis in die Nacht, an Maschinen in Fabriken, an Pulte in Büroräumen geschmiedet. Jetzt auf einmal geht's hinaus in Abenteuer, Gefahren, unter freien Himmel, in die Jahreszeiten. Wie gern werfen sie ihr Alltagsdasein als Einsatz ins Spiel! Der mechanische Dienst hat es gelähmt, verbittert; was liegt ihnen daran, ob sie's verlieren? Die Menschen müssen Feste haben. Nicht sich wieder an Feste gewöhnen, denn der nordische Mensch kennt ja die Feste und Wonnen der Griechen nicht; man muß ihn darin unterweisen, wie er aus seinem Leben ein Fest gestalten soll!«

»Ach, zu Festen gehören schöne Menschen. Der moderne Arbeiter ist häßlich. Sehen Sie ihm bei seinen Vergnügungen zu. Ebenso verhält es sich mit dem unteren Mittelstand. Die Luxusmenschen, die Drohnen, die verleihen den Festen des Lebens erst das wahrhaft Festliche. Sehen Sie doch zu, wie das Volk sich drängt um die Portale der Opernhäuser, der Paläste, in denen die großen Bälle abgehalten werden, um die geputzten Damen aus ihren Kutschen steigen zu sehen, ihren Anblick für ein paar Sekunden nur zu genießen!« sagte der Spitzbart.

Ringold fuhr fort: »Wer hätte es nicht gesehen, wie die Freude das Antlitz des Menschen verschönt. Nein, es ist nicht das Geborgensein vor der Not, das die Menschenseele erhöht. So, daß man einen Widerschein von innen auf den Gesichtern erblicken könnte! Das Stückchen Land, das der Stadtmensch in seinen wenigen Mußestunden vor den Toren bebauen darf, ein paar Blumen, die er gepflanzt hat und in voller Blüte sieht, der Sonnenuntergang, ein Regenbogen nach dem Frühjahrsregen, all das tut Wunder, glauben Sie mir! Menlo, Sie kennen ja das Gelände um meine Fabrik, den Bergwald, aus dem die Wasserkraft für die ganze Anlage kommt. Diesen ganzen Berg, ein ziemlich umfangreiches Stück Landes, habe ich angekauft, und es soll der Spielplan meiner Arbeiter werden. Der Wasserfall, der die Turbinen speist, aus deren Kraft unsere Maschinen gebaut werden, gehört allen, die ihren Lebensunterhalt in unseren Werken verdienen. Der Wald ist sehr schön. Ein paar

Bergwiesen stehen unter Felsen, voll von Blumen, stellenweise ist der Wald dicht wie Urwald! Die Wohnhäuserkolonie ist an den Waldesrand gebaut; sie wird immer größer, denn die erwachsenen Kinder meiner Arbeiter wollen nicht fort, sondern in der Fabrik arbeiten; die Familien heiraten sogar untereinander; es ist mir im Grunde gar nicht recht, denn es entsteht da förmlich eine Kaste! Aber was ist zu machen? Sie lieben den Ort und ihre Arbeit, und neulich kam sogar ein kleiner Junge, Quartaner, Sohn eines Arbeiters, zu mir und brachte mir eine Zeichnung: er hatte eine Maschine erfunden! Der Vater hatte den Kindern zu Hause die Konstruktion der Maschine erklärt, an der er im Saal sitzt und arbeitet – da war dem Kind eine Verbesserung eingefallen! – Seit voriger Woche gehört nun der Berg mit Wald und Wiesen und Wasserfall mir und meinen Freunden und Arbeitern. Wir werden auf der Wiese unter dem Felsen einen Tempel bauen, in dem sollen Gelehrte Vorträge halten. Eine Arena für Musikaufführungen ist vorgesehen; eine kleine Meierei wird gebaut werden, die Frauen, die Kinder sollen sie verwalten. Auf einer Rodung wollen wir Obstbäume pflanzen, Gemüse züchten; man muß nur die Gärtchen in der Kolonie sehen, um zu ahnen, welche Resultate wir erzielen werden! All diese bebauten Stellen aber verschwinden in dem riesengroßen Territorium, das ein Naturpark bleiben soll, etwas Schönes, ein Schauplatz festlicher Gemeinschaft, etwas fürs Leben!«

»Es wird Nachahmung finden,« sagte Menlo.

»Darum muß es auch möglichst vollkommen dastehen. Ich hoffe, in absehbarer Zeit werden Parks, Festgelände in der Gemarkung so mancher blühenden Industriestadt errichtet sein; die Eisenbahnen werden Menschen befördern, die die benachbarten, die weit im Lande befindlichen Spielplätze besuchen wollen; an Gedenktagen der Arbeit und der Freiheit werden sich auf diesen Plätzen im ganzen Land Menschen zu Verbrüderungsfeiern zusammenfinden, in Wochen des Sommers ebensogut wie in Winterwochen, an Sonntagen wie an Arbeitstagen. – Es wird keine Arbeitswochen und Feiertage mehr geben, sondern eine Arbeits- und eine Festesschicht werden einander ablösen, und bald wird man sie nicht mehr trennen, die eine nicht mehr von der anderen unterscheiden können. . . .«

»Hören Sie auf!« rief der Spitzbart, »o hören Sie auf, mir wird schwindlig!«

Aber unhörbar und leichtfüßig, als schritte er auf Wolken, hatte sich der Meister erhoben und war zum Flügel gegangen; seine Hände hatten einen leisen Akkord angeschlagen, seine Blicke waren in die Ferne gerichtet. Alle saßen und warteten.

Da erhob sich zögernd erst, dann sicherer und sicherer, ein Spielen, Fluten, Auf- und Niederwogen von Themen, unbekannten und solchen, die bekannt anmuteten, und die sich zu einer Fuge zu verbinden suchten.

Der Chirurg flüsterte seinem Nachbarn zu: »Hören Sie? Es ist der Chor aus der Neunten!«

Die Sängerin hob die Fingerspitzen zum Mund: »O – die Marseillaise!«

»Das Lied der Arbeit!« sagte Ringold und nickte lächelnd vor sich hin.

Jetzt ordneten sich die Töne. Eine Melodie begann aus dem Gewebe der Themen die Flügel zu regen. Schwebend entwickelte sie sich, drängte jubelnd vorwärts. Sie war neu und überraschend. Sie hob sich klar und bestimmt, in strenger Zeichnung ab über dem Urgrund rhythmisch pulsierender Arpeggien, in denen der Chor an die Freude, die Freiheitshymne, der Schlachtgesang der Internationale, wie Marsch von Kolonnen, Fahnenwehen, Waldesrauschen im Winde, sonnebeschienener Wasserfall wechselnd erbrausten.

»Hören Sie – die Melodie! Das ist seine eigene, das ist er, der Meister!« sagte die Sängerin verzückt.

Mit einemmal brach die Musik ab. Die Sängerin erriet: nun begann die Arbeit! Sie sprang auf, wollte die Flügeltür schließen, der Komponist aber bat: die Türen sollten offen bleiben und die Unterhaltung weitergehen. Nach einer Weile sagte der Spitzbart: »Ich vermißte einen Ton in diesem Hymnus, in der Fuge ein Thema, etwas wie die spöttische Pikkoloflöte Till Eulenspiegels von Strauß, den Widerspruch, den Zweifel, Eulenspiegel unter dem Galgen, das Befreiende, die Verneinung des Pathos! – Immer wird es Menschen geben, die ihr Leben auf den Genuß gestellt haben, wie andre auf die Arbeit. Ein Zusammenschluß dieser beiden ist unmöglich! Ein Zusammenstoß. Katastrophe für die Arbeit und für den Genuß! Warum, ich frage Sie, sollen gerade die Arbeiter die harmonischen Geschöpfe sein, die der Welt die Freude und das endlose Fest bescheren? Die Arbeits- und die Festesschicht! Ich finde, man bekümmert sich in dieser Zeit so ausschließlich um ihr Wohl, weil sie die Masse darstellen, die ungeheure Überzahl!«

Ringold sagte zu Menlo: »Eins bleibt zu tun übrig: wir müssen den Wettbewerb in seiner heutigen Form aus dem Kreis der menschlichen Betätigungen auszuschließen suchen – den Kampf meine ich! Die Tüchtigkeit, die den Vorrang verschafft, beruht ja nicht auf der Tugend allein – sie bedingt ein Belauern, ein Sichzunutzemachen der Fehler, Schwächen, Unzulänglichkeit des Mitmenschen, des Nächsten. Neid und Schadenfreude sind Attribute, Nebenprodukte des Wettbewerbs!«

Der Amerikaner fiel Ringold ins Wort: »Sie werden aber zugeben, daß alles, was Sie jetzt unternehmen wollen, seinen Ursprung doch nur in dem Erfolg Ihrer bisherigen Unternehmungen hat – der ist die Basis und ist eine Tatsache.«

»Was Sie meinen Erfolg nennen, leugne ich nicht. Aber er erwuchs nicht aus meinen Fähigkeiten. Ich sagte schon: ich hatte zuviel Glück. Ich sehe im Glück kein Geschenk von oben. Es bestand darin, daß ich zufällig die Geschicklichkeit mitbekommen hatte, meine Fähigkeiten unter den Menschen geltend zu machen und wirkungsvoll auszunutzen. Rings um mich gingen tausendmal Tüchtigere, geniale und überragende Menschen an dem Mangel an dieser Geschicklichkeit zugrunde. Gerade das Maß ihrer Genialität schloß ja die Geschicklichkeit, die ich besaß, aus. Nennen Sie diesen Mangel »Tüchtigkeit« – damit bin ich einverstanden. Die Überschätzung der Tüchtigkeit ist die Erbsünde der heutigen Welt.«

»Immerhin ist es schon sehr viel, eine seltene, anerkennenswerte Tugend,« sagte Menlo, »daß Ringold sich nicht die Genialität jener»untüchtigen« Menschen zunutze gemacht hat, wie so viele andere! Denn die Genies gehen nicht an ihrem Genie zugrunde, sondern daran, daß sie von den Schlauen bestohlen und dann fortgeschoben werden.«

»Für das Zusammenwirken der Menschen muß eine neue Grund-
lage gefunden werden!« sagte Ringold. »Der Wettbewerb muß fallen, der Kampf aufhören. Das festliche Leben, das wir schaffen sollen, ist als erster Spatenstich zu diesem Weg gedacht!«

»Ihr Weg geht quer durch diesen Salon durch!« rief der Spitzbart.
»Ich finde es wenig rücksichtsvoll, daß Sie gerade in diesem Raum,
den Sie unterminieren, Ihre Pläne darlegen. Denn zuerst, das müssen Sie zugeben, wird ja diese feine Art von Gefälligkeit, die wir bei
unserer Freundin genießen, Ihrer Spitzhacke zum Opfer fallen! Um
Himmels willen, mag doch jeder aus seiner eigenen Sphäre heraus
seinen Lebensgenuß zu finden suchen. Alles andere ist Anarchie.«

»Nein!« rief Ringold, zum erstenmal in leidenschaftlichem Ton,
aus. »Hören Sie unsere Freundin, lassen Sie die Künstlerin sprechen. Sie hat ihr innerstes Wesen durchgesetzt, und hinter ihr stand
weder die Macht von kumuliertem Geld, noch von ihr abhängigen
Menschen. Warum messen die Menschen dem vergänglichsten
unter allen Göttergeschenken, der Stimme, einem Hauch, solchen
Wert bei –« und mit einer Geste in die Runde zeigte er auf die Anwesenden, den schönen Saal, den Park vor dem Schloß, den Erdball,
über den sich der Ruhm der Sängerin verbreitet hatte – »daß er sich
alle realen Werte der Erde zu Gebote zwingen kann? Die Menschen,
die sich sonst im eifrigen Nachsinnen erschöpfen: auf welche Weise
sie sich die Fähigkeiten des Mitmenschen dienstbar machen könnten? dienen diesem kleinen Funken!«

Die Sängerin hatte ihren edel geschnittenen Gemmenkopf, dessen
Klarheit kein Sturm der Welt und der Liebe mehr trübte, nach dem
Musikzimmer gewandt und hörte zu, wie sich die Töne dort suchten, übereinanderbauten, das Kunstwerk entstand. »Alle Künste
werden zu meinem Werk herbeikommen,« sagte Ringold. »Aber
kein Künstler soll herangezogen werben. Es wird ein natürlicher
Prozeß sein, so daß, wer mittun will, von selber kommt, angezogen
und nicht herangezogen, berufen, nicht gerufen. In meinen Arbeitern, das weiß ich sicher, wird sich ein freies Künstlertum entwi-
ckeln dadurch, daß sie die Naturkraft, die ihren Lebensunterhalt
bewirkt, zum Genuß ihres Lebens erhalten – und die Wesensgleich-
heit wird den Künstler anziehen! Eine Freude wird aus diesem Er-
denwinkel ausstrahlen, dem die Künstler folgen werden wie einem

magnetischen Ruf! Keiner wird mehr dienen, keiner auch erziehen müssen, es wird dem Künstler die Demütigung erspart bleiben, daß man ihm den Lohn für seine Leistung in barer Münze ausbezahlt!«

»Wie, Sie werden das Geld abschaffen??«

»Diese irdische Wechselwirkung zwischen Verdienst und Lohn muß aufgehoben werden! Arbeit ist heilig, die Kunst lehrt das erkennen! Arbeit schafft Lebensgenuß, Kunst ergründet und enthüllt Lebensgeheimnis! Und Geld sollte dafür den Wertmesser bilden?«

»Ja, sehen Sie mich,« sagte der Chirurg, »für meine Leistung und für Menlos Einfall und, hören Sie drin den Meister: für diese Melodie, die jetzt entsteht, soll es denselben Maßstab geben, wie für einen Gebrauchsgegenstand, irgendeine Sache, deren Preis durch Angebot oder Nachfrage bestimmt wird? Welch ein Wahn, welch ein Irrtum! Tiefste Barbarei! Die wilden Völker mit ihren Medizinmännern und Totems hatten darin menschenwürdigere Anschauungen!«

»Ich werde es nicht erleben!« sagte der Spitzbart. »Und ich glaube, ich bin nicht sehr unglücklich darüber!«

»Die Utopie!« sagte der Amerikaner, so leise, daß kaum einer es hören konnte außer ihm, »immer soll sie aus sich herausstrahlen und die Welt erneuern! Aber die Welt preßt sie von allen Seiten zusammen, und sie verdorrt im Kern!«

Die Sängerin hatte sich erhoben. Sie winkte mit strahlendem Gesicht ihren Gästen. »Kommt!« Alle folgten ihr. Sie standen in der Tür zum Musikzimmer. Die Töne einer Rhapsodie, eines hymnischen Gedichtes rauschten durch das Schloß. Es schwang mit den Tönen, löste sich auf, wehte wie ein Alpenwald in der Strömung unter dem Meeresspiegel.

Draußen wurde es hell. Die Sonne, noch unsichtbar, stieg auf am östlichen Horizont. Die Bäume standen still, schliefen. Der Rasen war von Millionen glitzernder Pünktchen übersät. In der Ferne, am Rande des Parks, ging der Hirt mit seiner Herde aus schwarzen und weißen Schafen der Weide zu. Der Schäferhund trottete hinterdrein.

Eine Lerche stieg in die Lüfte. Das Klavier verstummte. Der Meister schloß es, trat auf Zehenspitzen auf die Terrasse hinaus. Die Sängerin neben ihn. Sie hatten ihre Köpfe nach oben gewandt, woher das jubelnde Schlagen des unsichtbaren Vogels tönte. Und die Sängerin begann zu singen. Mit ihrer hellen, glockenreinen Stimme versuchte sie den Laut des Tierchens in der Luft nachzuahmen. Es war wunderbar, wie der glückliche Mensch und das schwebende, selige Geschöpf einander verstanden, aus derselben Lust ihr gottgegebenes Werkzeug gebrauchten!

Die Gäste waren im Musikzimmer geblieben. Jeder hatte das Bewußtsein, ein Glück zu empfangen, das er bewahren mußte.

Heute!« sagten sich Kay und Moina einige Nächte später, »werden wir zu den Stillen gehen. Wir müssen leise auftreten, denn ihr Gehör ist vom langen Horchen in den Nächten ohne Schlaf so empfindlich geworden.« Sie machten sich auf den Weg.

Wie ein Nebelstreif wallte der schwere Vorhang zur Seite, und sie traten in die Halle ein.

Keiner hätte in dem großen, unfertigen, mitten im Bau stehengebliebenen Ziegelgemäuer diesen herrlichen dunklen, vom Kaminfeuer ganz durchwärmten Raum vermutet. Er war hoch und gewölbt. Die Wölbung war mit den Zeichen und in den Farben des Himmels und seiner Kreise bemalt. Der Helm des Kamins verlor sich an der Decke, und die Scheite, die aus großen, uralten Eisenböcken brannten, sandten ihre Flammen gerade empor wie Opferfeuer.

Die Nacht hinter dem hohen gotischen Fenster war sternenlos. Die Wände der Halle zeigten keinerlei Schmuck. Eine einzige schmale Reihe von Büchern in Pergament-Einbänden zog sich rings um die Wände, aber sie faßte den Raum nicht in einem Kranze ein, unvollkommen brach sie in der Mitte der Fensterwand ab.

In altertümlichen Lehnsesseln saßen alte Menschen um das flackernde Kaminfeuer. Braungesprenkelte Handrücken, zitternde Knochenfinger, von denen die Ringe zu gleiten drohten, streckten sich der Glut entgegen. Dunkle, alte Menschen, weiß schimmernde, geneigte Stirnen, hohe zitternde Stimmen. Mitten unter ihnen ein zartes, kindhaft junges Mädchen in weißem Seidenkleid. Sie hatte sich einen kleinen Schleier um den Hals gebunden, ihre Hände lagen gefaltet auf dem Schoß. Das Feuer im Kamin flackerte rot auf ihren durchsichtigen Wangen, ihren Lippen, tanzte in ihren Augensternen. Einer der Greise sprach.

»Das Schönste war doch, das erstemal vor dem endlosen Meer nach dem Westen hin, die halbe Sonne war schon ins Meer getaucht, was von ihr noch übrig blieb, wie ein Torbogen, und darin erschien ein großes Schiff mit allen Segeln, es fuhr hinaus, es war nicht zu sehen gewesen vor Sonnenglanz, aber jetzt, da es Abend war, konnte man es sehen, es fuhr durch das Tor hinaus! Das war das Schönste im Leben.«

»Wer war auf dem Schiff?« fragte das junge Mädchen. »Wer fuhr mit dem Schiff?«

Der Greis sah sie an, er hörte ihre Worte, aber er schien ihren Sinn nicht zu verstehen. Er sagte: »Der erste Stern war zugleich am Himmel erschienen, über dem Segler, genau über dem höchsten Mast.«

Ein leises Lachen zitterte vom Feuer her, eine Frauenstimme: »Der erste Stern war das Schönste, auf der Ebene, im Sommer über den Bergen.«

Das junge Mädchen lachte leise und heiß auf: »O, in der ersten Zeit, mit dem Geliebten gesehen!«

Die Greisin aber schwieg, es war, als verstehe sie die Worte des jungen Mädchens nicht. Und doch saß sie ja da an der Seite ihres Gatten, der vor unendlichen Jahren ihr Jugendgeliebter gewesen war. Und dieses Beieinandersein mußte doch lebendig geblieben sein in ihrem Gedächtnis!

Der Greis aber, der im Sonnentor das Segelschiff gesehen hatte, saß für sich allein. Er war ein Dichter gewesen in den guten Jahren seines Lebens. Er war's gewohnt, laut zu sagen. was er dachte und fühlte; es stand in seinem Herzen keine Schranke zwischen der Dichtung und der Wirklichkeit, alles war so grenzenlos eins in ihm. Darum hatte er sich gewöhnen müssen, allein für sich und weit fort von den anderen zu sitzen. »Die Adern im Stein und die Beeren, an denen die Stare picken im Herbst, und die Knospen am Wacholderbaum und die kleinen Wellenkräusel in den Bächen, die durch die Wiesen laufen! Alles das ist das Schönste auf Erden!«

Und wieder kam das leise, zitternde Lachen der alten Frauenstimme vom Feuer her: »Gestern, da habe ich ein Gewandgewebe zwischen meinen Fingern gehalten, das war das Feinste, was ich je betastet habe, so fein wie mein alter Brautschleier. Es war in der Dunkelheit auf mich zugekommen, es war kein Körper in dem Gewand, und es kehrte auch so bald wieder zurück, es war aus meinen Fingern verschwunden, wie es gekommen war. Ich glaube, das war das Schönste auf Erden!«

Da sprachen sie alle eine Weile nicht, sondern sahen nur auf die Flammen im Kamin, die ihre Schatten auf die Wände warfen. Ein hochgewachsener Alter, aufrechter als die übrigen, sagte: »Der Rosenstock im Garten macht mir Sorge. Er hat im Sommer schon gekränkelt, jetzt, fürchte ich, stirbt er ab. Ich habe alles getan, ich habe im Boden nachgegraben, aber der Stock wird kahl, und die Zweige beginnen zu verdorren. Ich weiß mir keinen Rat mehr.«

Das junge Mädchen blickte dem Alten erstaunt ins Gesicht! Sie wußte, er war der mächtigste Minister des Königs gewesen, und bis vor kurzer Zeit noch waren die Mächtigsten zu ihm gepilgert, um seinen Schiedsspruch zu hören in Dingen, die das Wohl ganzer Nationen betrafen. Jetzt lag solch schwerer Kummer auf seinem alten Gesicht, als habe er in den Kaminflammen das Leid der Welt erblickt. Und er hatte ja doch nur von einem einzigen Rosenstock in seinem Garten gesprochen.

Das junge Mädchen blickte in die Runde. Es sah all diese alten Menschen an. Sie alle hatten Menschenantlitze wie Göttergesichter, aus denen die letzten Merkmale des Tieres verschwunden waren. Alle hatten es wahrscheinlich längst vergessen, was sie im Leben, das sich unaufhaltsam von ihnen zurückzog, und unter den Menschen vorgestellt hatten. Der alte Minister sagte noch: »Wer kann mir's sagen, wie tief man graben muß, um die Ursache zu finden? Ich habe gesucht.«

Der alte Dichter sagte darauf: »Gleich unter dem Boden beginnt es. Ehe im Wald der Schnee schmilzt, fängt die kleine Primel an, ihren Kopf zu heben. Das alte Laub vom letzten Jahr schaukelt in die Höhe und fällt zur Seite, damit der kleine Kopf weniger Mühe habe. Aber zuweilen schlägt die gelbe Primel das alte Laub wie Spinnweb durch und schiebt dann das Kinn durch einen dünnen rostigen Schleier um den Hals zur Sonne hinauf. So ist der Anfang.«

Das junge Mädchen klatschte in die Hände mit einer kindlichen Gebärde, aber nicht wie Kinder aus Freude unter dem Christbaum, sondern eher, als wollte Handfläche an Handfläche die Wärme des eigenen jungen Körpers spüren. Es sagte rasch: »Ich liebe alle Menschen sehr, denn ich weiß, ich werde unter ihnen eines Tages meinem Geliebten begegnen, und ich liebe sie auch darum, weil ja die Mutter und die Schwestern meines Geliebten unter ihnen sein müssen. Ich bete täglich die Worte des Gebets, das ich in der Schule mit den anderen Kindern gelernt habe, und seit einer Zeit glaube ich, wenn ich beim Wort Amen angelangt bin, ich kenne schon die Farbe seiner Augen!

Aber ich bin dabei zugleich auch traurig, denn ich denke mir, ein Gebet soll ja nicht für den Wunsch eines einzigen Menschen da sein, sondern um für alle zu erbitten, was ihnen nottut. Denke ich daran, dann ist mir's auf einmal, als sähe ich das Bild meines Geliebten nicht mehr! Und ich weiß nicht, wie ich diese leere Stelle in meinen Gedanken auf würdige Weise ausfüllen könnten!«

Die alten Menschen blickten nach ihr hin, wie sie dasaß, die Ellbogen auf die Armlehnen gestützt, die Wange auf die gefalteten Hände gelegt, und beneideten sie unbewußt. Der Dichter allein fühlte, daß alle diese erkaltenden Wesen im Begriffe standen, gemeinschaftlich einen Raub an dem jungen Wesen auszuführen. Aber auch das fühlte er: die warme Flut des Jungbrunnens, in den sie hinunterzutauchen suchten, werde an ihren Gliedern niederrinnen, ohne in ihre Poren einzudringen. Denn sie entsannen sich längst nicht mehr des Gefühls, das alle Menschen untereinander verbindet!

Einer, den die anderen Gudewerth nannten, – er war der Gatte der alten Frau – sagte: »Was soll denn das Nachforschen? Das kleinste Wunder der sichtbaren Dinge ist so unerforschlich, wie das Grundgesetz der Natur!«

Der alte Kanzler sagte: »Willst du, Kind, mir nicht die Worte des Gebetes hersagen? Vielleicht erinnere ich mich ihrer, wenn ich sie höre, und vielleicht gelingt es mir, sie zu wiederholen?«

Das junge Mädchen blickte errötend nieder, weil es die Alten lehren sollte, und begann mit stockender Stimme: »Unser Vater, der du bist im Himmel . . .«

Sie blickte verstohlen auf und sah alle diese Greisenaugen auf sich gerichtet; niemand sprach die Worte mit ihr, sie sprach allein weiter wie ein Kind, das einsam durch den Wald geht: »Dein Name werde geheiligt, Dein Reich komme . . .«

Wie sie so weit gekommen war, bemerkte sie, daß der Kanzler seinen weißen Kopf schüttelte und die Hand auf die Augen legte, als fiele es ihm schwer, weiter zuzuhören.

»Dein Wille geschehe auf Erden wie im Himmel!«

Die anderen aber schwiegen nicht aus Scham, noch aus Reue, sondern sie schienen wirklich den Sinn der Worte vergessen zu haben. Nur der alte Dichter erhob seine Stimme bei den Worten: »Dein ist das Reich und die Kraft und die Herrlichkeit« und sprach sie mit bis ans Ende. Er sprach stark und mit Überzeugung und blickte dabei keinen der Umsitzenden an. Und in einer ganz fernen Ahnung, als hätten sie alle in ihrem vergangenen Leben diesem Einen, dem Dichter, unrecht getan, wendeten sich die anderen ab und blickten befangen auf den schwarzen Fliesenboden vor dem Kamin nieder. Von dort schien dann zögernd und einzeln das Wort: Amen! aufzusteigen, der verschollene Klang, dessen Sinn ja doch allein dem jungen Mädchen noch offenbar sein konnte: Dir wird zuteil werden, wonach Du Verlangen trägst.

Nach einer Stille, die einige Minuten währte, sprach Gudewerth: »Wieviele sind noch unter uns von denen, die unsere Freunde waren?«

Da begannen einzelne Stimmen, leise und wie für sich, Namen herzusagen, zu zählen; nicht viele; bald hielten sie inne. Und eine Stimme klang, als sie mit Nennen aufhörte, fast froh: dies bedeutete: wir leben also noch auf Erden, wir Menschen einer Generation! Und eine andere Stimme klang düster und voll Grauen fast; und ihr Klang bedeutete: bald bin ich hier allein.

Aber die Greisin an Gudewerths Seite sprach: »Es ist warm hier. Das Feuer brennt gut!« Und man konnte hören, wie die Alten alle vor den Flammen die Hände rieben, denn von den Ringen, die sich berührten, entstand ein leises, klirrendes Geräusch.

Die Flammen im Kamin hatten sich zu einer einzigen vereint, und diese trennte sich in blauem Flackern von den Scheiten, die auf den Eisenböcken in Kohle zerfielen. Sie schwebte wie ein Irrwisch schaukelnd hoch und verschwand oben im Helm des Kamins.

Die Alten lehnten tief in ihren Stühlen zurück. Das junge Mädchen, dieses zarte Kind, schien nur mehr ein weißliches Schattenbild zu sein. Über das Gewölbe weg jagte der Wind eine dunkle Wolke davon. Es waren die Zugvögel, der letzte Schwarm aus dem Inselbaum. Mit Gezwitscher und Gekreisch zogen sie aus dem Bereich des Wintersturmes nach warmen Zonen.

Kay und Moina blickten ihnen nach. Sie flogen, zu einer Wolke geballt, pfeilschnell und in großen Kurven erst dem Sund zu, gerieten dort in eine Luftströmung, die sie auf das Wasser niederzupressen drohte, sammelten sich aber rasch aus der Zerstreuung und stießen, ungefähr über der Südspitze der Insel, in kugelförmigem Gebilde wieder hoch nach oben. Zwischen den Wolken beschrieb diese Kugel eine ungeheure Ellipse und rollte dann machtvoll hinaus, in westlicher Richtung dem offenen Meere zu.

Unten in der Tiefe des Meeres, nicht weit weg vom Strande, stand eine Ziegelsäule aufrecht auf dem Grund. Zahllose Muscheln hatten sie an den Boden festgelötet, um ihren Schaft wehten Algen und Tangbänder in der Strömung hin und her. Es war der Schornstein aus einem der Elternhäuser vom Ende der Zeile, der da tief im Meere aufrecht stand. In mancher Nacht schien es, als stiege aus seinem viereckigen Schacht, aus dem einst Rauch gequollen war und in dem jetzt Garnelen und Fische auf und nieder tauchten, ein gurgelnder Laut an die Oberfläche der Wellen herauf; das geschah aber in stillen Nächten; die waren jetzt vorbei, denn nun braute unten Sturm.

Wie in Atemnot bäumte sich die Decke des Meeres hoch und ließ im Zurücksinken Brausen hören, darin der Seufzer der versunkenen Hütten unterging. Der Mond hatte das Meer zu sich in die Höhe gezogen, und unter den emporgepeitschten Bergen stieß der Meeresatem wie Vulkan empor, aus der berstenden Decke fuhr Donner zum Himmel auf.

Oben stießen derweil Wolken sich wirbelnd im Kreise um den Mond herum, der ganz winzig auf das verhüllte Blau gezeichnet stand und aus dem drängenden Ballen, Kneten und Gewühl nur wie durch ein Wunder auf kurze Augenblicke auftauchte. So war im Meeresabgrund und am Firmament, um den Schornstein und die Mondsichel schweres Wälzen und Stoßen und Erschütterung der Elemente. Wasser und Himmel zogen sich an und strebten aufeinander zu. Aus ihrem Ineinanderstürzen quoll und befreite sich die erste große Sturmflut des Jahres; sie nahm ihren Lauf auf die kleine, nur vom Damm und der Düne geschützte Insel zu.

Um diese Zeit geschah es, zur Nachtstunde, daß sich die Boje draußen vor der Düne aus ihrem Steinfundament losriß und mit nachschleifender Kette hin und her schwingend sich auf den Strand warf. Dort hatte die Brandung bereits große Strecken weit den alten rostigen Tang weggerissen und sich zu der Düne hinauf Bahn geschaffen. Wie ein leerer Käfig lag die Boje auf dem Schwemmsand gebettet, und jede neue Welle rollte sie, durch ihre Gitterstäbe stoßend, höher zur Düne hinauf.

Auf dem Hügel, wo der Schuppen stand, hatte der Wind den Mast mit dem Seezeichen wie eine Weidengerte umgeknickt und auf das geteerte Dach geworfen. Vor dem Damm standen die Boote weit hinauf, fast zur Wiese hinaufgeschoben. Tags zuvor waren sie noch zum Heringsfang gerüstet und fertig gemacht worden; jetzt lag manches voll Wasser auf der Flanke, als wäre es gestrandet.

Die See dröhnte wie von Kanonenschüssen. Eine Wolkenwand hatte Meer und Himmel in eins verschmolzen, und sie rückte immer näher auf die Insel zu. Senkrecht zuckten Blitze durch sie hinab und waren sichtbar am hellen Tage. Die Wolke war tiefschwarz, sie schob Wetterböen und Wolkenbrüche vor sich her. Der ganze Horizont schob sich, brüllend und undurchdringlich, voll von unabwendbaren Gefahren, näher und näher an die Insel heran.

Seit geraumer Zeit trieb sich Mutter Grimsehl ruhelos in ihrer Hütte herum. Tag und Nacht aus der Küche auf den Heuboden, zurück in die Stube, hinaus auf den Flur und sogar einmal vor das Haus, das die dichte Hecke verbarg. Sie hielt die Bänder ihrer Haube wie Zügel in ihren Händen, sie hustete, murmelte und wimmerte vor sich hin. Mit eingeknicktem Kreuz, gebückt und verbogen, schlich sie zur Hecke und drückte ihren Kopf zwischen die Zweige.

Sie versuchte einen Blick über die Hütten zum Meer hinüber zu schicken, dorthin, wo der Schornstein in der Tiefe stand. Aber sie konnte nur hier und dort ein Licht in den Fenstern gewahren. Die Zweige ritzten ihre Wangen blutig, einer drückte ihr rechtes Auge zu, mit dem anderen offenen Auge sah sie scharf in die beleuchteten

Stuben hinein und sie schrie, was sie im Haus nur leise vor sich hin gemurmelt hatte, so laut sie konnte, in den brüllenden Seewind hinaus: »Acht haben! Lösch das Feuer aus! Stoß den Riegel vor! Jetzt kommt es, jetzt geht es um den Damm herum!«

In einer Ecke ihres Bettes lagen zwischen Matratze und Gestell die Kostbarkeiten, die Kay und Moina ihr von ihren Strandwanderungen aus der Bucht mitgebracht hatten, verborgen. Die Spangen, die Muscheln mit den Schmetterlingen, das geschnitzte Holzstück neben einem Strumpf mit Silbergeld und dem alten Ledersack, in dem Papiere waren. Da lag auch auf der gewürfelten Decke der Bernsteinkiesel im Dunkeln.

Mitten in der Nacht vor der großen Flut kochte sich die Alte ein Süppchen auf dem Herd und goß es in zwei Näpfe, von denen sie einen vor ihre verriegelte Haustür hinstellte. In dieser Nacht glaubte das Weib des Fischers Schmahl, als es mit dem Eimer zu den Kühen ging, die in der Dämmerung brüllten, aus der Hütte der einsamen Alten Gelächter und den Schall von zwei keifenden Stimmen deutlich gehört zu haben. Die eine soll wie die Stimme eines greinenden Kindes geklungen haben. Indes, das mag eine Sinnestäuschung gewesen sein; im Sturm hört man ja so manchen Laut geheimnisvoll ertönen, einmal den Dampfruf eines Schiffes in Seenot, einmal den jähen Aufschrei von tausend gepeinigten Menschen, warum nicht auch das Gezeter eines weinenden Kindes?

Sie stellte verstohlen den Napf auf die Schwelle vor ihrer verschlossenen Haustür, die Alte, als erwarte sie Besuch durchs Schlüsselloch. Dann schlich sie in ihre Stube zurück und begann mit hastigen Fingern zu spinnen. Der Stuhl stand auf dem kleinen Teppich aus tausend Lederflicken. Die alte Uhr rasselte und schlug. Die Alte stierte zum niedern Gebälk ihrer Stube hinauf, von dem all die verworrenen Laute des Meeres und Himmels unaufhörlich über sie herabstürzten. Sie kannte sie alle auseinander, jeden einzelnen nach seinem Ursprung aus Tier, Pflanze, Mineral und Luft. Sie hörte gleichzeitig Kirchenglocken, Segelschlag und Geknatter, aufgeregtes Geschrei und Schäumen von Wellen gegen den Schiffskiel. Diese Laute kamen vom Sund her. Sie hörte Wüten und Angst. Sie saß in der Mitte zwischen beiden, die stärker und stärker anschwollen, und wartete, daß beide zusammenschlagen sollten. Sie trat auf das

Fußstück des Rockens, daß das Rad flog. Aus ihren Fingern war das Gefühl gewichen, sie glaubte noch den Faden zu halten, derweil lief der Rocken schon lange leer.

Im Napf erfror das Süppchen.

Mit einemmal wurde es ganz still in der Hütte.

Das Rad war ausgelaufen und stehengeblieben.

In der Nacht der großen Flut begann die Glocke im Schwedenturm der alten Holzkirche plötzlich zu läuten Der Küsterjunge ging an den Strick und zog aus Leibeskräften. Jeder Schwung warf ihn in die Höhe, und er mußte mit den kleinen Beinen strampeln, um wieder Boden unter die Füße zu bekommen.

Der Ort war schon wach und auf den Beinen.

Am Landungssteg unten beim Ström wurde fieberhaft gearbeitet. Aus allen Enden von Kirchort waren sie herbeigelaufen, um dem gefährdeten Sille Hilfe zu bringen.

Unter den ersten war Ingenieur Mommen da gewesen. Er wohnte tief in der Heide, dort wo aus alter Zeit der Gedenkstein an die Überflutung Kirchorts nach der großen Zerstörung Silles ragte. Mommen war der Deichkommandeur des Kreises, ein mumiengleich eingetrockneter, langer und kahlköpfiger Mensch mit schriller und scharfer Befehlsstimme. Pächter Schäfer hatte seine Grenter Dienstleute mobil gemacht und saß mit dem Rechtsanwalt Giesebrecht in dem ersten Boot, in dem Zementsäcke verstaut waren. In den folgenden Booten lagen Bohlen, Eisenklammern, da manövrierte Gastwirt Rasmussen zwischen Spriet und Focksegel, während Pastor Weddig aus Leibeskräften sich an dem widerspenstigen Toppsegel zu schaffen machte – ein sport- und jagdkundiger Luft- und Wassermensch, der nicht allein mit Gottes Wort zu den Fischern nach der Insel hinüberfuhr.

Sieben Boote waren unterwegs über den Sund; zwischen den Duchten und Bänken, an die Rudergabeln festgeklammert hockten die in Ölzeug gekleideten Kirchorter. Die Logge legte sich auf die Seite unter dem Wind, scharf bäumten sich die Steven in die Höhe, durch das Sturmgetöse war das Geknirsche der Eisenstangen und

Holzklötze zu hören, die sich im unteren Boden um den Kiel verschoben und hin und her geworfen wurden in der vollen Fahrt. So fuhren sie hinüber über den Sund zur Insel, wo das Unheil stand. –
–

Pächter Schäfer war's, der das Boot zuerst erblickt hatte, das Boot mit der stehenden, nach vorn gebeugten Gestalt, mitten im Sund, auf der Fahrt nach Sille.

Eigentlich war's ein Nachen bloß, ein elender Kahn, und es war unbegreiflich, wie ein Mensch es wagen und ausführen konnte, in ihm hinaus in den Sund zu fahren bei solchem Sturm in der Nacht!

Schon schrie und gestikulierte auch Wirt Rasmussen zum Rechtsanwalt Giesebrecht hinüber, dessen Boot die Strömung an das seine herangetrieben hatte. Er zeigte auf den Kahn, den sie eben einholten und hinter sich ließen.

Es war das elende, morsche Fahrzeug, das an dem Pflock im Ström, gegenüber vom Landungssteg von Kirchort an dem Ufer des Siels zu schaukeln pflegte, mit dem kurzen Ruder in der schimmeligen Lache auf seinem Boden. Und in ihm stand, emporgereckt, aus voller Kraft vorwärts rudernd, mit breitbeinigem Schwanken sehnig die Windstöße, Wellenstöße parierend die Baronin Voß.

Im groben Leinwandkittel, eine Lodenpelerine um die Hüften gebunden, regenüberströmt und barhäuptig, so stand sie in ihren Männerstiefeln da und ruderte ihren Kahn hinüber nach Sille.

War sie jemals dort drüben gewesen? Das wußte niemand zu sagen. Vielleicht vor undenklicher Zeit, als noch keiner von all diesen Leuten hier in den Booten das Licht der Welt gesehen hatte! Woher wußte sie denn von der Gefahr, die die Insel bedrohte und mit der Insel das Festland, daraus das Ström ihren bitteren Brocken Erde losgetrennt hatte? Sie war schon lange unterwegs, lange ehe die Glocke mitten in der Nacht losgebrüllt hatte, mußte sie aus ihrem einsamen Haus hinter der Nesselhecke zum Ström hinunter und in ihr Fahrzeug gesprungen sein. Alle hatten noch in ihren Hütten im Schlaf gelegen, da war sie schon in ihrem Fahrzeug und hatte die tolle Fahrt begonnen.

Von den beiden dicken weißen Strähnen hing ihr die eine über die knochige Schulter nieder, die andere klebte vom Wind zerzaust auf der Wange, peitschte die Lider der stechenden alten Augen, deren Blick irr und ingrimmig geradeaus gerichtet war.

Aus den Booten blickten die Männer mit offenem Mund auf die Alte zurück, die in derselben Richtung ruderte, in der sie gegen den Wind vorwärtswollten. Sie sah keinen und nichts. Ja selbst Wind und Wellen schien sie nicht zu merken. Ihr zahnloser Mund stand offen. Fauchend vor Anstrengung stieß sie das Ruder vor, den Oberkörper zurück, vor, zurück, und ruderte auf die Insel zu, wo der Damm gebrochen war.

In ihrer Hütte, in der einzigen großen Stube, die eine Kerze beleuchtete, waren Kay und Moina wach.

Moina lag im Bette, die Hand aufgestützt, das dunkle Haar lag in Wellen um Stirn und Wange und Arm.

»Du warst traurig heute, Moina,« sagte Kay, »was ist geschehn?«

Moina blickte auf, und Kay sah, daß ihre Augen feucht schwammen und ohne Blick. »Ich hatte einen Traum in der vergangenen Nacht, darin wurde einem Menschen Unrecht zugefügt.«

Kay sagte: »Heute morgen lag oben im Winkel der Decke ein dunkler Schatten, der sich nur langsam verflüchtigt hat.«

»Ich konnte es nicht verhüten, daß der Mensch unrecht bekam.«

»Was geschah mit ihm?«

»Das weiß ich nicht. Ich weiß es nicht mehr. Ich weiß nur, daß ihm Unrecht widerfahren ist und er mußte leiden. Davon ist mir den ganzen Tag lang Traurigkeit übrig geblieben.«

Da sie eine Weile geschwiegen, jedes in den Gedanken des andern getaucht und keins vom Geheimnis des anderen sprechen mochte, kam das Brausen des Sturms mächtig ans Fenster geschlagen und rüttelte an dem Dach, das aufrauschte wie ein Wald.

»Man kann von den Menschen in solcher Weise, wie wir es tun, nur träumen, wenn man von allen abgeschieden ist und keine Gemeinschaft mehr kennt,« sagte Kay.

»Denke daran,« antwortete Moina, »wie lange die Menschen in der Welt umherzuirren verdammt sind, ehe sie finden dürfen, wonach sie suchen.«

»Das ist nicht so wunderbar,« sagte Kay, »das geschieht oft sogar Menschen, die an derselben Mutterbrust gelegen haben!«

»Ich sehe – nein, ich denke daran, und ich glaube es,« Moina schöpfte Atem, wie ein Kind, und mit einemmal trat der Glanz in ihre Augen, den sie immer bekamen, wenn die Seele Moinas von einem guten Gedanken, Wunsch, Wahn, einer tiefen, innigen Gewißheit erfüllt wurde, »ich weiß es so sicher: das Schicksal der Menschen ist es, daß sie es besser haben sollen in der Welt, in der wir leben! Alles, was betrübt, soll hell werden. Die kleinen Kinder werden lachen können und die Greise heiter sein, wenn sie sterben sollen. Niemand wird mehr dem anderen übel wollen, aber keine Macht von außen her wird die Menschen zwingen, einander zu achten, sondern es wird die Natur jedes einzelnen von Grund auf gut geworden sein. Da werden sie sich endlich als nahe Verwandte erkennen und begrüßen. Das muß geschehen! Dann wird sich keiner mehr lange und mühsam zurechtzufinden brauchen in der Herkunft und der Lebensgeschichte seines Nächsten, ehe er ihm Du sagen darf, und es wird keine Mißverständnisse mehr geben fortan. Die Taten all der Menschen werden so sein, wie wenn zwei Menschen mit ausgebreiteten Armen aufeinander zukommen, um sich in die Arme zu schließen! Nur jene werden noch eine Weile irren und suchen müssen, die irgendeine furchtbare Schuld zu sühnen haben; aber auch diese werden bald einsehen, daß die Welt ja eine Welt der Gnade und Verzeihung geworden ist über Nacht. Ja, über Nacht! Wie viele sterben an Erschöpfung und vor Frost heutigen Tages, weil sie in die Irre gehen und im Kreis umeinander herum, ohne zu sehen und sich zu erkennen – wie Blinde wahrhaftig! Aber es gibt welche, die sehen hell durch das Nachtdunkel, wie andere es im Tageslicht nicht vermögen. Gott wird näher sein zu allen, eines Tages, das weiß ich sicher!«

Moina hatte ihre Hände über der Brust gefaltet und horchte, als höre sie Gesang aus ihrem Herzen zu ihrem Ohr herauf tönen und nicht das Gebrause und Rauschen von außen in die stille Stube herein. Kay legte seine Hand auf Moinas Hände und küßte Moina

auf den Mund. »Deine Traurigkeit ist ja verschwunden, Moina!«
Und er sagte zu sich: »Überall hört sie Gesang, davon muß ja alle
Trauer und alles Unrecht verschwinden aus der Welt!«

Er ging in die Mitte des Zimmers und hob den Kopf empor zur
Decke: »Darf das sein, daß ein Mensch an einen einzigen Menschen
all die Liebe wende, die die Welt ihm nicht erlaubt, an alle zu wen-
den? Darf es sein, daß einer sich dem Dienste aller entziehe und aus
einem einzigen unter all seinen Mitmenschen sein Weltall mache?
Oder ist es vielmehr so bestimmt, daß einer seine Zugehörigkeit zu
allen Menschen durch nichts wahrer und stärker ausdrücken könne,
als indem er sich dem einen zuwendet, der ihm die Allgemeinheit
rechtfertigt, dieses furchtbare, unergründliche, irre Wesen Allgemeinheit?«

Die Hütte schwankte im Sturm. Das Toben zog draußen mit solcher Macht an den Fenstern vorüber, daß die Insel wie ein leichtes
Schiff sich zu heben und zu senken, zu zittern und zu sinken schien.

Kay fuhr fort: »Vielleicht liegt der Nachbar im Sterben, und ich
vernehme doch nichts als den Traum, den du in diesem Augenblick
träumst. Sieh diese Stube an, eh dein Blick hinüberschwimmt –
erkennst du sie? Wenn die Kerze flackert, wandert ein Licht von der
Schranktür über die Diele zur Fensterscheibe und verfliegt dort in
der Nacht und im Sturm. Wollte es einem doch gelingen, heimisch
zu werden in seinen eigenen vier Wänden! Es wäre dann nicht so
schwer, hinauszugehen und den Weg zu finden. Wollte es doch
gelingen, in den vier Wänden zu ergründen, wo der Traum anfängt
und die Wirklichkeit aufhört! Es ist so verschmolzen alles. Wenn du
unter den Menschen lebst, findest du die Grenze nicht, und wenn
du einsam lebst, auch nicht. Aus dem Wunsch schon kann Wirklichkeit werden, und die Wirklichkeit ist so beschaffen, daß du dich
in den Traum zurückgeschleudert siehst, dorthin woher du gekommen bist.«

Er horchte mit abgewandtem Kopf zum Fenster hin, hörte dunkle
Schreie, Stöhnen, fernes zerberstendes Gebrüll. Da sah er: Moinas
Arm war sacht auf das Kissen gesunken, ihr Gesicht, wie das Ge-
sicht eines von Sonne und Wind in tiefen gesunden Schlaf hinüber-
gesunkenen Kindes, zeigte das leise, stumme Gleiten der Seele ins
Unbegrenzte an.

»Wie wunderbar leicht schwebt deine Seele hinüber ins Benachbarte! Wie ein Zitronenfalter im Sonnenschein von der Düne hinaus über die Wellen ins Meer! O zierlicher, leichter, vom Wind erfaßter und gehobener Körper, du im Traum wie im Wachen schuldloses, in Einsamkeit fernes und klares Gesicht! O Gesichter zarter, junger Kinder, von der Traurigkeit ihrer tragenden Mutter gezeichnet! Schuldlos sind die Seelen, die eure Gesichter zur Schau tragen, an den Gebrechen der Welt. Leicht und zart führt ihr die Illusion auf euren Flügeln durch die Reihen der Menschen, ein kurzes Leben hindurch. Rührung und Mitleid, Heiterkeit und Freude, die ersten Regungen aller guten Entschlüsse in den Menschenherzen sind euer Werk! Ihr seid zu den Sendboten auserlesen!

Wie ein herrlich zu einem Fest geputztes Kind zieht die erkorene Seele durch die Wunder der unerschöpflichen Natur. Die Blumen welken nicht in seiner Nähe und unter seinen Sohlen. Aus der Flut tauchen die kleinen Gesichter der Fische zu ihm auf und betrachten es. Ein einziger leichter Windhauch vermag die Spur seiner Füße im Sand zu verwehen und zuzudecken. In dem Atem, der durch seine Kehle dringt, jauchzt und zwitschert die belebte Stille, die den Wald um die Mittagszeit bewegt; Vögel und Insekten summen in Zweigen. Die Natur, entsühnt, andächtiges Horchen, alles, was einfach, schön und rein ist in der Welt, der Horchende fühlt sich reich geworden und beglückt. Ja, ein einziger Mensch vermag die Natur, wenn sie noch so wild gegen ihre eigenen Geschöpfe wütet, sie in blinder Grausamkeit zerstört, zu entsühnen und zu rechtfertigen!«

Die Kerze flackerte, aber der zuckende Schein trübte nicht den Spiegel des schlafenden Gesichtes.

»So wird die Stunde des Todes sein. Ein Zeichen auf der Urne und ein leichtes Hinfliegen. Wie leicht fliegt der Staub, zum letztenmal vermischt über die verwelkte Wiese, wie der Flug der letzten Nachzüglerschar aus dem Baume zum Süden hin! Die Sonne ist zum letztenmal untergegangen, und übrig bleibt das hohe unerreichliche Entzücken, so unausdenklich und heilig! Fortgehen und Wiederkehr in Ewigkeit.«

Auf Zehenspitzen ging Kay zum Tisch und löschte die Kerze aus.

Es pochte an die Scheiben.

Als Kay die Haustür öffnete, flog mit dem Geheul des Windstoßes und den Regenpeitschen Doktor Publicatus auf seinen kurzen Beinen in den Flur herein. Mit Mühe gelang es Kay, die Tür zuzustemmen.

Sogleich hatte der Gast seine Würde wiedergewonnen. Zwar gurgelte es in seiner Kehle noch wie im Rachen eines Ertrinkenden, aber die Worte kamen einzeln, rund und bestimmt hinter dem triefenden Schnurrbart zum Vorschein.

»Herr! Ich sehe, Sie sind nicht entkleidet. Haben also Kenntnis von der Gefahr, die die Allgemeinheit bedroht. Ich meine: die Insel. Ich meine: uns alle. Herr! Muß ich Sie an Ihre Pflicht mahnen? Wir, als die einzigen Gebildeten unter diesen Fischern . . .«

»Ich kann Sie nicht bitten, einzutreten,« sagte Kay. »Die Hütte hat nur eine Stube. Drin schläft meine Frau.«

»So. Schläft. Wecken Sie! Wecken Sie sofort! Alle Mann an den Damm! Was ich von den Gebildeten sagte, stimmt nicht nur für Sille: die Kirchorter Intelligenz sogar beteiligt sich an dem Rettungswerk. Sogar Damen des Hochadels haben zum Spaten gegriffen! Wecken Sie!«

Er machte einen Schritt vorwärts, dröhnte mit den Fäusten gegen die Stubentür. – –

Tobend fuhr der Sturm ums Haus. Das Dach hob sich ächzend über die Mauern, emporgesogen in einen Trichter aus der Höhe.

Alle Hütten waren dunkel. Hinter Mutter Grimsehls klaffender Hecke schlug das Tor auf und zu. Ivers Schänke war von einem Trümmerhaufen verbaut, der kleine Holzpavillon war zusammengestürzt. Wer zum Damm wollte, mußte sich den strömenden Schwaden entgegenwerfen, wurde blutig gestriemt von Wasserhieben.

Vor dem Damm brauste und heulte Wind und See. Kommandoworte versuchten wie Raketen aufzuschrillen, wurden im Nu verschlungen. Jedes Anbrausen einer neuen Welle stieß das wütende Geschrei und Gebrüll, das wilde Katzengefauch aus Weiberkehlen tiefer und tiefer in die Zeile zurück. Der Damm war zackig wie eine

Säge anzusehn. Die phosphoreszierende Flut sprang an den Zacken in die Höhe, schäumte durch sie hindurch, riß mit jedem Anprall Steine mit, die dunklen, blauen, purpurnen Märchen- und Traumsteine lösten sich, kollerten vom geborstenen Grat mit den reißenden, fressenden Wasserstürzen, Kaskaden und Schnellen immer weiter hinein in die Wiesen, wo sie gegen Zäune sprangen, Latten umstießen, Gärtchen zerstörten und Löcher in die Ziegelmauern, die weichen Lehmwände bohrten. Bäche, Ströme und Wirbel zischten und jagten sich um Hütten und verebbten in Wiesensenkungen.

In Klumpen aneinander gedrängt und zusammengetrieben, dann wieder jäh auseinander gerissen, hantierte das verzweifelte Volk mit Säcken, Eisenträgern und Balken, warf unter Flüchen in rasender Hast Rasenstücke und Erdwellen auf. Die Menschen stürmten dem Unheil entgegen, auf die Bresche los, aber jedesmal wurden sie tiefer gegen die Hütten zurückgeworfen.

Die Düne draußen war im beginnenden Morgen nicht mehr zu erkennen. Sie stand unter Wasser, war in der Flut verschwunden. Schwerfällig verschob sich ein Sandhügel, unter dem die Boje vergraben lag, ins Land hinein.

Noch kreiste von fern, machtlos wie Menschengesetz, der Leuchtturmstrahl über die verwüsteten Dächer, die fahlen, drängenden Gestalten, das blankgespülte Gestein des gespaltenen Dammes, über die wie Teiche gischtig schäumenden und bewegten Wiesen. Aber da begannen sich die Wellen des Meeres und des Insellandes schon rötlich zu färben, und der Strahl verschwand.

Im hereinbrausenden Wasser spiegelte sich die Sonne. Immer tiefer leckten die roten Zungen in den zerrissenen Inselleib hinein. Der Tag stieg auf, und die Siller sahen, was ihrer Insel geschehn war.

Mit den ersten Schneeflocken des Jahres kam das weiße Schiff in eiliger Fahrt von Norden her durch den Sund gefahren.

Wie ein kleiner, von einem grünen Reiseschleier weggewehter Fetzen lag die zerzackte Insel schmal hingestreckt zwischen dem offenen Meer und dem Festland.

Eine Frau in Reisekleidung trat an die Reling oben auf dem Verdeck des Schiffes heran. In ihren Augen zuckte es auf von Erinnerung. Sie wandte den Kopf nach dem Reisegefährten, als wolle sie zu ihm sprechen, sich ihm mitteilen – aber sie brachte die Lippen nicht auseinander, und ihre Augen blickten starrer auf die Insel.

Unweit von ihr stand der Reisende an die Reling gelehnt. Mit beiden Händen hielt er sich an dem Eisen fest. Um seine Schultern hatte er ein Wollentuch geschlungen, sein Bart schimmerte silbern zwischen den Falten des Tuches hervor. Seine Augen waren trüb und blickten schwer. Er erinnerte sich an die Bewegung seiner Hand, die über die Insel gewiesen hatte, am Anfang der Reise. Jetzt sah er auf seine Hand nieder, die das Eisen umklammert hielt . . . . .

Drüben, an der Spitze der Insel, stand die Rinderherde in der Hürde. Über den Wiesenplan trotteten vereinzelte dunkel vermummte Wesen, mit schwer herunter hängenden weißen Eimern zur Seite, zur Häuserzeile zurück. Ein Boot schwankte im Sund. Darin stand der Aalfischer und zielte mit seiner Lanze ins Wasser hinunter.

Auf der Landungsbrücke von Sille war kein Mensch. Jetzt konnte man vom Schiff durch die Häuserzeile blicken, von Ufer zu Ufer quer durch die Insel. Sille lag unter weißen Wolken, zwischen denen dunkelblaue Inseln schwammen. Wie eine leere Bettstelle stand eine Hütte da, von der das Dach fortgeweht war. Breite Kerben waren in die Wiesen, ins verwüstete Kartoffelfeld geschlagen; die Düne eingesunken, der Damm mit weißen Rinnen geflickt. In der Häuserzeile war niemand zu sehen.

»Sieh!« sagte der Reisende. »Der Baum ist entlaubt, die Äste zerbrochen.«

»Es ist spät im Jahr,« sagte die Frau, »die Vögel sind schon fortgezogen.«

Unberührt standen in Abständen die drei Häuser da, auf den Wiesen, die drei Häuser, die nicht zu den anderen, denen in Reih und Glied zu gehören schienen. Jetzt klang Glockengeläut von Kirchort her schwach zum Schiff herüber. Es glitt dem Schiff nach, das eilig den Sund hinab nach Süden fuhr, mit Erz und Gestein beladen. Es hatte zu schneien aufgehört.

– Wo sind die beiden von damals? dachte der Reisende. Und: – – was ist aus Kay und Moina geworden? sprach die Reisende zu sich. Aber keines sprach mehr von seinem Gedanken zum andern. Davon, was gemeinsam gewesen war zwischen ihnen, einst, zum Beginn ihrer Reise. Und keins sprach davon: wie sein Blick suchend über die Insel geschleift war, um Kay und Moina wieder zu erblicken.

Die Sonne war über dem Sund heraus gekommen. Sie hatte noch Kraft, obzwar es so spät im Jahre war. Sille lag schon weit zurück.

Der Reisende trat zur Frau heran. »Was ist aus dem Buche geworden? Aus dem Buch, in dem wir gelesen hatten?« fragte er leise und sah der Frau in die Augen.

Sie schlug ihren Blick nicht nieder. »Ich habe es ins Meer geworfen; es ist schon lange her,« sagte sie, und ihre Stimme klang ruhig.

»Warum tatest du das?« frug der Mann.

Sie senkte die Stimme, blickte hinaus. »Weil es zu schön geworden war.«

Sie schwiegen, blickten zurück.

Da lag Sille, im Sonnenglanz, wie sie es vor Monaten erblickt hatten – es ruhte nicht auf dem Wasser, sondern schien in der Luft zu schweben. Wie eine Spiegelung hob sich der Erdrücken der kleinen Insel aus dem Meere empor, mit allem, was er trug, Hütten, Tieren und Menschen und dem einzigen Baum vor dem Schulhause. Zwischen dem Meere und der Insel glänzte eine Schicht Luft, wie die Ausgeburt der eigenen, unruhigen Einbildung, des Dranges, der in die Ferne trieb.

Sie sahen das, die beiden auf dem Deck des rasch dahinfahrenden Schiffes. Ihre Blicke waren weit hinaus gerichtet, begegneten sich in der Ferne, kehrten zurück. Die Blicke begegneten sich, und jedes erkannte im Blick des anderen die Spiegelung wieder.

Eine Scheu hielt sie noch zurück, das Wort zu sprechen, das sie beide auszusprechen verlangte. Aber ihre Blicke konnten wieder lächeln.

Ende

Über tredition

Eigenes Buch veröffentlichen

tredition wurde 2006 in Hamburg gegründet und hat seither mehrere tausend Buchtitel veröffentlicht. Autoren veröffentlichen in wenigen leichten Schritten gedruckte Bücher, e-Books und audio-Books. tredition hat das Ziel, die beste und fairste Veröffentlichungsmöglichkeit für Autoren zu bieten.

tredition wurde mit der Erkenntnis gegründet, dass nur etwa jedes 200. bei Verlagen eingereichte Manuskript veröffentlicht wird. Dabei hat jedes Buch seinen Markt, also seine Leser. tredition sorgt dafür, dass für jedes Buch die Leserschaft auch erreicht wird.

Im einzigartigen Literatur-Netzwerk von tredition bieten zahlreiche Literatur-Partner (das sind Lektoren, Übersetzer, Hörbuchsprecher und Illustratoren) ihre Dienstleistung an, um Manuskripte zu verbessern oder die Vielfalt zu erhöhen. Autoren vereinbaren direkt mit den Literatur-Partnern die Konditionen ihrer Zusammenarbeit und partizipieren gemeinsam am Erfolg des Buches.

Das gesamte Verlagsprogramm von tredition ist bei allen stationären Buchhandlungen und Online-Buchhändlern wie z. B. Amazon erhältlich. e-Books stehen bei den führenden Online-Portalen (z. B. iBookstore von Apple oder Kindle von Amazon) zum Verkauf.

Einfach leicht ein Buch veröffentlichen: **www.tredition.de**

Eigene Buchreihe oder eigenen Verlag gründen

Seit 2009 bietet tredition sein Verlagskonzept auch als sogenanntes "White-Label" an. Das bedeutet, dass andere Unternehmen, Institutionen und Personen risikofrei und unkompliziert selbst zum Herausgeber von Büchern und Buchreihen unter eigener Marke werden können. tredition übernimmt dabei das komplette Herstellungs- und Distributionsrisiko.

Zahlreiche Zeitschriften-, Zeitungs- und Buchverlage, Universitäten, Forschungseinrichtungen u.v.m. nutzen diese Dienstleistung von tredition, um unter eigener Marke ohne Risiko Bücher zu verlegen.

Alle Informationen im Internet: **www.tredition.de/fuer-verlage**

tredition wurde mit mehreren Innovationspreisen ausgezeichnet, u. a. mit dem Webfuture Award und dem Innovationspreis der Buch Digitale.

tredition ist Mitglied im Börsenverein des Deutschen Buchhandels.

Dieses Werk elektronisch lesen

Dieses Werk ist Teil der Gutenberg-DE Edition DVD. Diese enthält das komplette Archiv des Projekt Gutenberg-DE. Die DVD ist im Internet erhältlich auf **http://gutenbergshop.abc.de**

Zeitfracht Medien GmbH
Ferdinand-Jühlke-Straße 7
99095 Erfurt, Deutschland
produktsicherheit@kolibri360.de